AF288985

Für meine Enkelkinder
Gemma Emilia und Marco Lorenzo

Michael Maniura

Adventskalender

Geschichten zum Lesen oder Vorlesen

FSC
www.fsc.org
MIX
Papier aus ver-
antwortungsvollen
Quellen
Paper from
responsible sources
FSC® C105338

Umschlaggestaltung Isabell Maniura
Das Gasthaus Schwarenbach zwischen dem wallisischen
Gemmipass und Sunnbüel im Kanton Bern ist Schauplatz
einer berühmten Erzählung von Guy de Maupassant.
Aufnahmedatum: 24. Februar 2019

Verlag:
BoD · Books on Demand GmbH, In de Tarpen 42,
22848 Norderstedt, bod@bod.de
Druck:
Libri Plureos GmbH, Friedensallee 273,
22763 Hamburg
© 2022 Michael Maniura
ISBN: 978-3-7562-3801-9

Inhaltsverzeichnis

Erstes Türchen: Das Bücherregal

Edith und Volker sind Cousine und Cousin. Da ihre Eltern sich oft besuchen, sehen sie sich ebenso oft. Dann gilt es natürlich, die Zeit zu nutzen.

Volkers Eltern sind Leseratten. Das hat zur Folge, dass ein riesiges Bücherregal zum Spielen bereitsteht. Beide Kinder besitzen viele Stofftiere. Das, das zu Besuch ist, bringt einige seiner Kuscheltiere mit, damit eine richtige Stadt zusammenkommt.

Das Bücherregal ist die Stadt, in der die Tiere wohnen, denn es eignet sich wunderbar dafür. Edith und Volker können zwar schon ein bisschen lesen, aber für die kleingedruckten Erwachsenenbücher ohne Bilder interessieren sie sich nicht. Sie nutzen den Platz vor den Bücherrücken, denn die wenigsten Bücher sind so groß, dass sie die komplette Regaltiefe brauchen. Die stehen auch am Rand, sodass die Tiere frei im Regal herumlaufen können. Zieht sich eins in seine Wohnung zurück, werden links und rechts davon die Bücher soweit herausgezogen, dass sie bündig mit der Vorderkante des Regals abschließen und niemand an ihnen vorbei kann. Dann darf jedes Tier für sich sein.

Die Häsin Mummy klopft bei Teddy an. Der Dritte im Bund ist der blaue Elefant Trampy, auf den sie ein paar Minuten warten müssen, bis auch er klopft. Die Tür öffnen ist ganz einfach: Das Buch zurückschieben, den Besuch hereinlassen und das Buch wieder als Sperre über den freien Platz ziehen. Da die Drei die wichtigsten Tiere der Stadt sind, nennt man sie Honoratioren. Teddy ist Bürgermeister, Trampy der Stadtschreiber und Mummy die Stadträtin. Nun sitzen sie beim Kaffee zusammen, um über das bevorstehende Adventsfest zu beraten.

„Kalt ist es draußen und verschneit ist auch alles", beschwert sich Trampy, der als Afrikaner die Wärme liebt. „Ich bin zwar kein Eisbär", brummt Teddy zur Antwort, „aber wir haben doch alle ein schönes dickes Stofffell." „Ich müsste im Winter eigentlich ein weißes tragen", bedauert Mummy, „aber ein Hase mit Wechselfell war Ediths Eltern zu teuer." „Egal", beendet Teddy die Diskussion, „Hauptsache, wir ziehen für alle ein schönes

Fest auf. Bei einem Lagerfeuerchen und Kinderpunsch wird allen warm werden." „Vor allem ums Herz." Mummy freut sich sichtlich über das bevorstehende Ereignis.

„Wir dürfen hier natürlich kein Feuer machen", mahnt Teddy, „hier zwischen den Büchern. Hat einer eine Idee?" „Edith hat die batteriebetriebene Plastiknachbildung eines Feuers, das auf Knopfdruck flackert", sagt Mummy, „das dürfen wir bestimmt benutzen." „Wir können zum Schmücken sicher auch die Lichterkette für den Tannenbaum nehmen, denn der wird erst in ein paar Wochen aufgestellt", meint Trampy. „Sehr gut, ihr beiden. Meinst du, Mummy, wir kriegen Möbel, Geschirr und Besteck aus Ediths Puppenstube?" „Das glaube ich sicher, Teddy." „Und auch die Esswaren? Gemüse, Würste und Brot?" „Warum nicht?"

Während der nächsten Stunden sind die Drei eifrig damit beschäftigt, den Festplatz herzurichten. Dazu wird eine ganze Regalreihe geöffnet, in der alle Tiere Platz finden. Der Wechsel der Reihen ist einfach, denn Edith und Volker schieben die Stofftiere einfach an den Seitenabschlüssen des Regals, die die Treppenhäuser darstellen, hinauf und hinunter.

„Ihr tut ja ganz schön geheimnisvoll", mault Perry, das Eichhörnchen. Perry mault immer, denn einer in einer Gesellschaft muss das ja tun. Es droht auch nicht die Gefahr, dass er von dem Elefanten zertrampelt wird, denn im Gegensatz zur Natur sind alle Stofftiere in der Tierstadt ungefähr gleich groß. Davon abgesehen, dass ein blauer Elefant sowieso völlig harmlos ist.

„Was heißt geheimnisvoll", mault Teddy zurück, „das Adventsfest ist jedes Jahr und jedes Jahr geben wir uns Mühe, es hübsch zu schmücken. Ich finde es auch gut, dass wir nicht jedes Jahr dasselbe machen." „Schon gut", gibt Perry nach. „Oder willst du mithelfen?" hakt Teddy nach. Nein, das will Perry nicht, denn das riecht nach Arbeit.

Schuhu, die Eule, kommt vorbeigeflogen. Alle beneiden sie und den Raben Schwarzhans, denn die beiden sind die einzigen Bewohner der Tierstadt, die fliegen können. Kein Wunder, sind sie doch Vögel. Während jedoch Schwarzhans eher wie Perry auf der Seite der Meckerer zu finden ist, tut Schuhu alles, um die Honoratioren bei ihrer Arbeit zu unterstützen. So

8

bringt sie auch diesmal selbstgebackene Plätzchen, mit denen sich Teddy, Trampy und Mummy stärken können, während sie die Lichterkette aufhängen, Tische und Stühle rücken sowie die Ess- und Trinkvorräte beschaffen und in die Schränke räumen. Als es endlich soweit ist, beschließen alle Tiere, ihre Streitigkeiten vorerst zu beenden und sich an dem Gelage nach Kräften zu beteiligen, das heißt so viel zu essen und zu trinken wie in sie hineinpasst. Perry und Schwarzhans tun sich besonders hervor, denn jedes volle Glas, das vor ihnen steht, wird rasch leer. Die Hündin Susi, die Teddy als Bedienung gewann, eilt hin und her, um alle Wünsche der Gäste zufriedenzustellen. Als Teddy merkt, dass sie der Erschöpfung nahe ist, sagt er zu ihr: „Ich übernehme das für eine Weile. Ruh' du dich solange aus." Auch Teddy fängt irgendwann an zu schnaufen. Schnell springen nacheinander Mummy und Trampy ein, denn sie wollen sich nicht nachsagen lassen, Faulpelze zu sein.

Gegen Abend leert sich die zum Festsaal gewählte Regalreihe allmählich. Alle sind begeistert und selbst Perry und Schwarzhans ringen sich ein „danke, sehr gut" ab. Mit vollem Bauch fällt es auch schwer, zu grollen und zu schimpfen.

Teddy, Trampy und Mummy betrachten die Reste des Festes und fragen sich, wie sie alles je wieder sauber und eingeräumt kriegen sollten, als Susi gar nicht lange fackelt und mit dem Zusammentragen des schmutzigen Geschirrs beginnt. Das stachelt auch die anderen an, mitzutun und siehe da: Wenn man nicht dauern ängstlich überlegt, wieviel Arbeit vor einem liegt, sondern einfach zupackt, erledigt sie sich beinahe von selbst.

Teddy, Trampy, Mummy und Susi schauen sich zufrieden an. „Jetzt die Wohnungen wiederherstellen und alles sieht aus wie frischgestrichen", sagt Susi. Edith und Volker ziehen die passenden Bücher vor und jedes Tier hat wieder seine eigene Bleibe. „Komm'", ruft Ediths Mutter, „es geht nach Hause."

Edith nimmt Mummy und Susi an sich, packt den Korb mit der Puppenstubeneinrichtung und verabschiedet sich von Volker. „Bis zum nächsten Mal", sagen beide wie im Chor und freuen sich darauf.

9

Zweites Türchen: Schneegestöber

Der Winter hatte Einzug gehalten. Die Tage dauerten nur noch acht Stunden, denn nachdem es erst um acht Uhr hell geworden war, brach um vier Uhr nachmittags die Dunkelheit wieder herein. Nun hatte es sogar angefangen zu schneien. Grund für Inga und Rudolf, ihre Legoeisenbahn auszupacken und ‚Schneegestöber' zu spielen.

Das Schöne bei diesem Spielzeug ist nicht, die Welt möglichst naturgetreu nachzubauen, sondern jedes Mal den Streckenverlauf neu zu planen. Bahnhöfe, Städte und Landschaften müssen sich die Kinder denken; lediglich Figuren und wichtige Werkzeuge sind vorhanden und je nach Spielidee einsetzbar.

Inga und Rudolf sind Zwillinge, die ihre Eisenbahn lieben. Inga fuhr die rote Diesellok mit dem Güterzug an der magnetischen Kupplung. Er bestand aus dem silbernen Kesselwagen, dem gelben offenen und dem braunen geschlossenen Güterwagen. Rudolf war Lokführer der größeren schwarzen Dampflok mit dem Schnellzug, der aus einem grünen Gepäckwagen, einem roten Speisewagen und einem wiederum grünen Personenwagen mit Fenstern und Sitzen drin bestand. Die Dampflok war größer, weil sie größere Räder als alle anderen Fahrzeuge besaß und obendrein einen Tender hinten dran hängen hatte, denn sie brauchte viel mehr Kohle und Wasser als die Diesellok Öl. Während die Diesellok in beide Richtungen gleich gut fuhr, bedeutete für die Dampflok die ‚falsche' Richtung, nämlich Tender voraus, mehr Anstrengung für Lokführer und Heizer. Während die Diesellok mit der Lokführerin zu ihrer Bedienung auskommt, muss auf der Dampflok neben dem Lokführer ein Heizer die Kohlen ins Feuerloch schaufeln. Erst hatte Inga sich geärgert, dass ihr Bruder die größere Lok bekam, sich aber schnell mit ihrer versöhnt, denn diese war viel hübscher als Rudolfs klobiges schwarzes Ungetüm.

Den Durchgangsbahnhof Ingahausen hatten die Kinder mit drei Gleisen versehen und den Kopfbahnhof Rudolfheim sogar mit vieren. Ungefähr in der Mitte der Strecke befand sich eine Ausweichstelle, die für das, was gespielt werden sollte, sehr wichtig war.

„Wollt ihr bei dem Schneesturm wirklich losfahren?" fragte Lokführerin Inga ihren Kollegen Rudolf. Der sagte stolz: „So ein bisschen Schnee macht uns doch nichts aus. Außerdem muss der Zug ja nach Rudolfheim. Was sagst du, Kalle?" Der Kalle genannte Heizer, der aus einem entsprechend gekleideten Legomännchen bestand, brummte zustimmend. „Da hörst du's. Schon gellt der Abfahrtspfiff."

Zu Beginn war die Lokomotive durch einen einfachen Hebel zu bedienen, der aus dem Motorraum in Mittelstellung heraus ragte. Je nach Richtung, in den das Kind den Schalter umlegte, fuhr sie vorwärts oder rückwärts los. Um sie anzuhalten, musste Lokführerin oder Lokführer nebenher krabbeln und den Schalter während der Fahrt wieder in die Mittellage zurückstellen. Das geschah so ruckartig, dass die angehängten Wagen manchmal entgleisten. Es gab auch nur eine Geschwindigkeitsstufe.

Seit einiger Zeit ließen sich die Fahrzeuge über eine App auf dem Smartphone und ein Modem zwischen Akku und Motor vom Anlagenrand aus feinfühlig steuern. Die Antriebsenergie holte sich die Lok natürlich immer noch aus dem Akku. Langsam, wie es sich für eine Dampflok gehört, fuhr der Schnellzug an und gewann an Fahrt.

Aber es wurde immer schwieriger. Die Schneeberge wurden höher und höher. Bald reichte der Dampf nicht mehr aus, um den mit Leuten vollbesetzten Zug durch die Schneewehen zu drücken, und er blieb genau auf der Ausweichstelle stecken. Lokführer Rudolf sandte einen Hilferuf nach Ingahausen.

„Du musst sofort ausrücken, um die Eingeschlossenen herauszuholen", wies der Fahrdienstleiter, wie der Chef des Bahnhofs in der Eisenbahnersprache heißt, Inga an. „Erst muss es aufhören zu schneien", antwortete Inga, „sonst bleibe ich genauso stecken wie Rudolf."

Zum Glück geschah das bald und Inga öffnete die Tür des geschlossenen Güterwagens, um die Helfer einsteigen zu lassen. Im offenen Wagen hätten sie arg gefroren und bei Legofahrzeugen lässt sich immer das Dach abnehmen, um auch Bewegungen drinnen nachstellen zu können. Auf den

11

offenen Güterwagen wurden die Schaufeln geladen und los ging es.

Nach einiger Zeit war die Ausweichstelle erreicht. „Hoffentlich ist die Weiche nicht eingefroren", sagte Inga, aber die kräftigen Männer der Helferkolonne schafften es, sie umzulegen, sodass Ingas Zug neben dem liegengebliebenen zum Stehen kam. „Kannst du nicht aus eigener Kraft zurückfahren?" fragte Inga. „Das Wetter ist ja jetzt schön genug." „Leider nicht", erwiderte Rudolf, „beim Aufprall auf die Schneewehe ist die vordere Achse verbogen. Die muss erst repariert werden." Rudolf hatte aus seiner Lok den Akku entfernt, sodass es für sie wirklich weder vor noch zurück ging. Auch schieben ließ sie sich nicht, weil ein Schneckengetriebe die Antriebsräder blockierte.

„Gut", bestimmte Inga, „dann müssen wir ein Rangiermanöver starten, um alle Leute nach Ingahausen zurückzubringen." Sie fuhr ihren Zug über die zweite Weiche vor den Dampfzug, legte die Weiche um und stieß die Güterwagen bis unmittelbar vor die Dampflok zurück. Sie passten vollständig zwischen Weiche und diese. Inga kuppelte ihre Lok ab, wiederholte die Spitzkehre – so nennt man das Umfahren eines Zuges –, fuhr hinter den Dampfzug, legte die vordere Weiche um und kuppelte ihre Diesellok an den Schnellzug. Nun hingen sämtliche Eisenbahnfahrzeuge zusammen. Von Rudolfheim nach Ingahausen gesehen die drei Güterwagen, die defekte Dampflok und deren Tender, die drei Personenwagen und die Diesellok. Endlich kuppelte Rudolf den Gepäckwagen vom Tender seiner Lok und kletterte als Letzter hinein, denn alle Helfer hatten ihn bereits bestiegen. Speise- und Sitzwagen waren nach wie vor von den Passagieren belegt, die voller Vertrauen in den Schnellzug nach Rudolfheim gestiegen waren.

Rasch fuhr die Diesellok mit den für sie fremden Wagen zurück nach Ingahausen. Dort beeilte sich Rudolf, Ersatzteile für die kaputte Dampflok aufzutreiben. Kaum hatte er alles beisammen, fuhr Inga zurück zur Unfallstelle. Diesmal hatte sie nur den Gepäckwagen dabei, denn der reichte, um die neue Achse, Rudolf und alle Helfer mitzunehmen.

12

Während Rudolf und seine Leute die Achse reparierten, fuhr Inga erneut hinter die Dampflok – aus Richtung Ingahausen gesehen –, kuppelte den Gepäckwagen an den Güterzug, setzte wieder nach vorn und verband die Diesellok mit dem Tender der Dampflok. Die hatte Rudolf mittlerweile in Ordnung gebracht, das heißt, den Akku wieder eingesetzt, und es konnte mit zwei Loks und vier Wagen nach Ingahausen gehen. Diese Fahrt mussten die Kinder mit besonderer Vorsicht durchführen, denn es galt ja, die beiden zusammengehängten Loks einigermaßen gleichschnell zu steuern. Um die Schwierigkeit zu steigern, lief die Dampflok auch noch rückwärts. Ein bisschen summte, brummte und wackelte es, aber nach einiger Zeit hatten Inga und Rudolf den Gleichlauf ihrer Loks im Griff.

„Vorspann müssen wir halt üben", meinte Rudolf altklug. „Vorspann?" fragte Inga. Die Frage veranlasste Rudolf erst recht, sein Wissen an den Mann oder genauer gesagt an seine Schwester zu bringen. „Wenn ein Zug für eine Lok zu schwer ist, muss eine zweite davor gehängt werden. Mit der Kraft von zweien geht es dann. Das nennt man Vorspann." „Au ja." Inga klatschte vor Begeisterung in die Hände. „Dann wünschen wir uns zu Weihnachten zehn Wagen mehr und fahren einen richtig langen Zug."

„Es könnte nur passieren, dass die Magnetkupplungen irgendwann reißen." Inga und Rudolf hatten gar nicht gemerkt, dass Papa schon seit einiger Zeit hinter ihnen stand. Der fuhr fort: „Naja, mal sehen, was zu Weihnachten drin liegt. Ich beglückwünsche euch von ganzem Herzen zur erfolgreichen Bergung der Eingeschneiten."

Jetzt waren Inga und Rudolf erst richtig stolz auf ihre Lokführerfiguren.

13

Drittes Türchen: Florian und Rochus

Das Leben als Kind ist nicht immer leicht, vor allem nicht, wenn ein Junge eher klein und schwach als groß und stark ist. Diese Kombination bildeten Florian und Rochus. Obwohl beide gleichaltrig waren und in derselben Klasse zusammensaßen, war Rochus weitaus breiter und kräftiger als Florian geraten und nützte das weidlich aus, nicht zuletzt, weil sie über eine weite Strecke denselben Schulweg hatten. Bereits morgens nahm er seinem Klassenkameraden das Pausenbrot weg und lauerte ihm nach der Schule nochmals auf, um ihn zu verprügeln. Folglich war es der Schulweg, der Florian den größten Schrecken einjagten. Sämtliche Versuche von Lehrerinnen und Eltern, Rochus' Verhalten zu verbessern, kehrte sich in sein Gegenteil. Immer nachdem Rochus ermahnt worden war, rächte er sich an Florian umso schlimmer.

Rochus' Überlegenheitsgefühl wurde durch Neid verstärkt, denn wie so häufig mangelte es ihm an Fleiß und er stand vor dem Sitzenbleiben, während sich Florian in allen Fächern unter die Besten eingereiht hatte. Florians Hoffnung auf die Zukunft bestand darin, dass Rochus entweder tatsächlich sitzenblieb und einen anderen Stundenplan als er bekommen oder ganz von der Schule fliegen würde.

Eines Tages, nachdem Rochus Florian wieder einmal ins Gesicht geschlagen hatte und Florian weinend dastand, hörten sie ein Stück weiter Hunde bellen. Rochus, der keineswegs nur Florian als Opfer betrachtete, sondern alle, die schwächer oder vermeintlich schwächer als er waren, rannte dorthin, woher das Bellen erklang. Lachend bellte er seinerseits sechs Schäferhunde an, die von einem Zaun abgehalten wurden, ihren Widersacher anzugreifen. Immer wilder wurden sie und immer heftiger ahmte Rochus sie nach. „Lass' das doch sein, Rochus", rief Florian, der nach Rochus' Attacke immer noch wie angewurzelt dastand. „Du hast mir gar nichts zu sagen, du Schwächling", schrie Rochus zurück und machte Anstalten, sich wieder Florian zuzuwenden. Er hatte allerdings eins nicht gesehen. Der Zaun bildete keineswegs ein Gehege, sondern endete einfach irgendwo, sodass die Hunde nur dort vorbeizulaufen brauchten, um auf der Straße zu stehen. Schnell hatten sie das herausgefunden und begannen Rochus zu verfolgen. Der hörte das Hecheln hinter ihm und drehte sich um. Entsetzt sah er die Schäferhunde auf sich zu springen. Plötzlich änderte sich seine Tonlage ins Weinerliche, als die Bestien sich ihm knurrend näherten: „Geht weg, ihr blöden Viecher, bitte bitte geht weg!"

Zunächst war Florian ebenso entsetzt wie Rochus, erkannte dann aber die Möglichkeit, seinen Widersacher zu retten. Er achtete nicht auf die Passantin, die ihm zurief: „Renn' weg, solange du kannst, Junge. Sie werden dich genauso zerfleischen wie den anderen da!" sondern ging langsam auf die Horde zu. „Sei bitte still, Rochus!" sagte er so ruhig wie möglich. „Die sind doch gar nicht wild."

Rochus war aber nicht imstande, ihm zuzuhören, sondern ruderte mit den Armen und versuchte, nach den Tieren zu treten, was die Sache noch schlimmer machte. Da war Florian bei ihm und legte ihm die Hand auf die Schulter. „Hör' endlich auf", zischte er, „dann lassen sie von dir ab!" Die Berührung und der ungewöhnlich scharfe Ton in Florians Stimme waren es, die Rochus zur Vernunft brachten. Fassungslos sah er zu, wie sich Florian bückte, jedes einzelne Tier am Hals kraulte und es leise ansprach. Er sah sich plötzlich befreit und trippelte so unauffällig aus der unmittelbaren Gefahrenzone wie ihm möglich war. Florian hatte sich inzwischen von jedem Hund die Hand ablecken lassen und sagte: „Nun geht zu Herrchen oder Frauchen. Irgendjemand hat euch verloren."

Als hätten die Hunde ihn verstanden, drehten sie ihm ihre Rücken zu. Es sah unglaublich friedfertig aus, wie die gefährlichen Raubtiere schwanzwedelnd davontrotteten.

Als sie außer Sicht waren, wandte sich Florian Rochus zu. „Und?" fragte er. Sonst sagte er nichts. Auch Rochus zunächst nicht, überwand sich dann aber und fragte: „Kannst du zaubern?" „Nein, Rochus. Aber der Mensch ist an sich für den Hund keine Beute und unter normalen Umständen ist er ungefährlich. Bei verzweifelt hungrigen Raubtieren wäre ich auch vorsichtig. Leider gibt es böse Männer, die Hunde zu Kampfmaschinen abrichten lassen, aber das sind eher Pitbulls als

15

Schäferhunde, obwohl man es denen nachsagt, weil ihre Rasse die wolfsähnlichste ist. Ich habe aber gesehen, dass die Sechs nicht bösartig und auch nicht hungrig waren. Du hast ja gemerkt, dass sie gar nicht zubissen, sondern nur mit ihren Schnauzen dein Handgelenk als Warnung umgriffen."

„Ich dachte…." „Hätten sie wirklich zugebissen, hättest du jetzt keine Hände mehr, das versichere ich dir."

Bei dem Gedanken wurde Rochus beinahe übel. Florian sah seine Chance, ein wenig aufzutrumpfen. „Du siehst, dass jeder Starke irgendwann an einen Stärkeren gerät. Jeder einzelne der Hunde hätte dich in Fetzen reißen können, aber keiner hat es getan." Rochus, dem bisher tatsächlich jeder Gedanke fern gelegen hatte, seine körperliche Stärke nicht auszunutzen, sofern das möglich war, schluckte. Er brauchte sehr lange zum Nachdenken, aber schließlich sagte er: „Das werde ich mir merken, Florian. Ich…; ich danke dir."

Florian anerkannte, dass dieser Dank dem bisherigen Herrn der Klasse schwergefallen war, und streckte die Hand aus. „Wenn es nach mir geht, wollen wir alles bisher Vorgefallene vergessen. Wenn du möchtest, helfe ich dir in Zukunft bei deinen Hausaufgaben. Ich versichere dir, dass wir gemeinsam schaffen, dein Sitzenbleiben zu verhindern." Rochus' Augen begannen zu leuchten. Noch nie hatte ihm jemand angeboten zu helfen, nicht zuletzt, weil er sich immer eingebildet hatte, er bräuchte keine Hilfe. Nun erkannte er, dass er die sehr wohl brauchte, wenn es um anderes als Schlägereien ging. Er ergriff Florians Hand und schüttelte sie so fest, dass Florian beinahe „aua!" gerufen hätte, aber er erkannte Rochus' gute Absicht und hielt tapfer durch. „In einem kann ich dir auch helfen", sagte Rochus, „nämlich wenn dich einer blöd anmacht. Dann rufst du und ich bin da."

Florians und Rochus' Eltern, die sich bisher auch nicht gemocht hatten, luden sich gegenseitig immer öfter zum Kaffee ein, als sie merkten, dass ihre Söhne ständig zusammenhingen. Rochus schaffte in diesem Jahr mit knapper Not die Versetzung, wurde dann aber immer besser, bis er einige Jahre später eine blendende Abiturprüfung ablegen würde, denn er war keineswegs dumm. Florian und Rochus blieben zeitlebens beste Freunde.

16

Viertes Türchen: Das Ölkännchen

Der siebenjährige Valentin war sehr traurig. Gerade hatte das zweite Schuljahr begonnen und er sich gefreut, dass er gut genug lesen konnte, um einige von Mamas und Papas Büchern zu verstehen. Heute hatten sie ihm mitgeteilt, dass er leider nicht mehr lange bei ihnen bleiben dürfe. Er hatte bereits im Kindergarten gemerkt, dass er nicht so schnell und stark wie seine Kameradinnen und Kameraden war und manchmal hatten die Erziehungsberechtigten eingreifen müssen, um ihn vor deren allzu wilden Spielen zu beschützen. Nun hatten die Ärzte herausgefunden, an welcher Krankheit er litt. Einzig ein Wunder könne noch helfen, dass er mehr als ein paar weitere Wochen überlebte.

Valentin lag im Bett und beschloss, das Wunder herbeizubeten. Bereits während seiner Worte, die tief aus dem Herzen kamen, dämmerte er in einen unruhigen Schlaf. Ich schlafe gar nicht, durchfuhr es ihn plötzlich, ich bin in einer großen Halle mit vielen, vielen brennenden Öllämpchen. Es gab Unterschiede: Einige leuchteten kraftvoll mit großer Flamme, andere waren kleiner, wieder andere flackerten. Die meisten jedoch waren erloschen, wie er besorgt feststellte. Besorgt, weil er zu wissen glaubte, dass das eine unheilvolle Bedeutung habe.

Tatsächlich, die meisten brannten nicht. „Lieber Gott, was ist mit denen?" fragte Valentin, als er sich erinnerte, dass er in ein Gebet versunken war. Er bekam einen furchtbaren Schreck, als eine wohltönende Stimme ihm antwortete. „Das sind die Verstorbenen. Deine Großeltern sind dabei, aber auch viele, die Hunger, Krieg oder Krankheit vor ihrer Zeit ausgeblasen haben."

Valentin sah sich um. Hinter ihm stand ein sympathisch aussehender alter Mann, dessen weißer Bart auf sein hohes Alter hinwies. Als könne er Gedanken lesen, lächelte dieser plötzlich und sagte: „Ich bin unendlich alt und unsterblich." „Und was machst du?" „Ich sorge für die Seelen aller Menschen."

Der Mann deutete auf die Öllämpchen. „Du hast ja schon erkannt, dass jedes Licht für ein Menschenleben steht. Die kleinen, schön aufrecht brennenden sind Kinder, die gesund

17

und ungefährdet aufwachsen. Die großen, besonders hell-leuchtenden, sind Erwachsene im Vollbesitz ihrer Kräfte, die arbeiten und dafür sorgen, dass Kinder wie du es warm und zu essen haben."

Seine Stimme wurde traurig, als er auf die flackernden wies, die unregelmäßig zwischen den hellen verteilt waren. „Das da", sagte er und wies mit dem Finger auf sie, „sind die, deren Leben bald zu Ende geht. Meistens alte, die ihre 80, 90 Jahre abgeleistet haben und deren Licht auf natürliche Art und Weise vergeht. Leider auch Jüngere, die ein unverdientes Schicksal zu früh von allen nimmt, die sie kennen und lieb haben." Er nahm Valentin bei der Hand und führte ihn ein Stück weit an den Lampen entlang. Dann blieb er stehen und wies auf eine kleine, flackernde Flamme. „Das bist leider du. Du siehst, dass nur noch ganz wenig Öl in deinem Lämpchen übrig ist. Leider war von Anfang an wenig für dich vorgesehen und du wirst nicht mehr lange brennen, so traurig es für deine Mama und deinen Papa ist." Mit Tränen in den Augen betrachtete Valentin sein Lebenslicht. Es war deutlich zu sehen, dass es unmittel-bar vor dem Erlöschen stand.

„Ich lasse dich kurz allein", sagte der liebe Gott, „denn ich muss mich um ein paar Menschen kümmern, die in den Himmel wollen. Es gilt zu urteilen, ob sie das verdient haben." Damit ließ er Valentin vor dessen immer mehr schrumpfenden und immer rußiger flackernden Flamme stehen. Der Junge sah sich um. Alle möglichen Sachen standen in einem Regal an der Wand hinter ihm. Er war groß und vernünftig genug, um von den meisten zu wissen, wozu sie dienten. Das da….

Er ging hin und nahm den Gegenstand in die Hand. Es handelte sich um eine Kanne. Sie war schwer, was darauf schließen ließ, dass sich etwas darin befand. Er roch. Ob das Öl war? Naja, dachte er in seiner frühen Reife, ich habe ja nichts zu verlieren. Er nahm das Kännchen, ging zurück zu seinem kaum mehr sichtbaren Lebenslicht und zögerte. Sollte er es wirklich tun? Es war bestimmt verboten, in die himmlische Vorbestim-mung einzugreifen. Dann meinte er die Stimme seiner Mutter zu hören, die ihm flüsternd, aber eindringlich zusprach. Er raff-te seinen ganzen Mut zusammen und goss ein bisschen des Känncheninhalts in den Tank der Lampe.

18

Und siehe da, es war Öl. Mit einem Mal loderte die Flamme hell auf, überstrahlte beinahe alle anderen um sie herum, auch die der Erwachsenen, und verhieß ihrem Besitzer ein langes und glückliches Leben. Der liebe Gott sah, hinter einer Ecke verborgen, dem Treiben des Jungen zu und lächelte.

Mit einem Mal war Valentin schlagartig wach. Um sich sah er außer Mama und Papa einen Herrn im weißen Kittel, sicher ein Arzt. Er schlug die Decke hoch, sprang aus dem Bett, lief erst auf Mama und dann auf Papa zu und umarmte sie. „Ich bin ja so froh, euch noch einmal zu sehen", schluchzte er. Dass der Arzt ganz erstaunt schaute, hatte er nicht wahrgenommen. Jetzt meldete sich dieser zu Wort. „Liebe Eltern", sagte er gewichtig, „hier ist Ungeheures geschehen, nämlich das Wunder, auf das zu hoffen ich nicht gewagt hatte. Sehen Sie doch, wie lebhaft das Kind ist."

Tatsächlich. Jetzt erst ging auch Mama und Papa auf, dass das, was geschah, gar nicht sein konnte. Valentin sprang lustig im Raum herum, drückte Stofftiere an sich und sprang am Fenster hoch, um zu sehen, was sich draußen tat. „Darf ich dich kurz untersuchen?" fragte der Arzt freundlich. „Klar, Herr Doktor, warum nicht?"

Blutdruck und Herztöne bewiesen, was der äußere Schein angedeutet hatte. „Ich glaube, unter all' meinen Patienten gibt es keinen Gesünderen", sagte der Arzt zum Abschluss, packte alle Instrumente in seine große Tasche und wandte sich kopfschüttelnd zum Gehen. Während ihn der Vater zum Ausgang begleitete, sah die Mutter erst ihren Sohn und dann die Zimmerdecke an. Sie sah aber gar nicht die Decke an, sondern durch sie hindurch zum Himmel und zum Herrn, den sie inständig um die Rettung ihres Kindes gebeten hatte. „Lieber Gott", murmelte sie, „dass Valentin das Ölkännchen an sich genommen hat, war sicher eine Sünde. Ich danke dir, dass du sie für klein genug hieltest, sie ihm und mir durchgehen zu lassen."

19

Fünftes Türchen: Der Fisch und der Kater

Besitzer von Goldfischteichen werden nervös, wenn sich eine Katze oder ein Kater ihren Lieblingen nähert und eine Pfote ins Wasser taucht. Dann versuchen sie, sie oder ihn mit einem laut gezischten „kscht!" zu vertreiben oder werfen ihre Hausschuhe nach dem Pelztier.

Willi ist ein ebenso stolzer wie frecher Kater, der am Tümpel im Nachbargarten lauert, sobald sich eine Gelegenheit ergibt. Veronika, seine Besitzerin, versucht seit Jahren vergeblich, ihm dies abzugewöhnen. Wenn Walburga, die Goldfischbesitzerin, Willi sieht, ertönt ihr bereits beschriebenes „kscht!" Willi weiß, dass er ab dem ersten Versuch, ihn zu vertreiben, viel Zeit hat, denn das Fenster, aus dem Walburga herausruft, liegt viel zu hoch, als dass sie einfach hinausspringen könnte.

„Na dann tschüss", sagt er zu Goldo, dem Goldfisch. „Tschüss", antwortet der, „bis zum nächsten Mal." Es ist nämlich nicht so, dass Willi versucht, Goldo zu fangen und aufzuessen. Ganz am Anfang vielleicht, als Willi noch nicht wusste, dass Goldo sprechen kann. Aber als der einmal „hallo" zu ihm sagte und „guten Tag", war Willi zunächst erschrocken zurückgewichen, hatte sich aber dann doch wieder an den Rand des tiefen Beckens getraut und gefragt: „Warst du das?" „Sicher, wer sonst? Es ist doch außer uns beiden niemand da." „Ich dachte, Fische könnten nicht sprechen." „Natürlich können wir das. Nur ihr an Land hört uns nicht. Bis auf wenige Ausnahmen. Du bist anscheinend eine davon."

Warum das so ist, fanden Goldo und Willi nicht heraus, aber seit diesem denkwürdigen Tag legt sich Willi im Sommer beinahe jeden Tag auf die passend geschwungene Pumpe, die für den Wasseraustausch in dem künstlich angelegten Teich sorgt, und unterhält sich mit Goldo über Gott und die Welt. Er ist erstaunt, über was der Fisch so alles Bescheid weiß. „Ich habe ja jede Zeit der Welt, darüber nachzudenken, was ich so höre", erklärt dieser, „und ich kriege jedes Wort mit, das die Menschen reden."

Kurz und gut, der Fisch und der Kater sind die besten Freunde. Nur schade, dass Walburga das nicht weiß, sonst würde sie nicht immer wieder versuchen, den Kater zu vertreiben, wenn sie ihn sieht.

Eines Tages kommt Willi wie sonst zu Besuch und sieht zu seinem Schrecken, dass kein Wasser in dem Teich ist. Die Plastikmatte, die das Wasser am Versickern hindert, hat einen Riss bekommen und Goldos lebenswichtiges Nass ins Erdreich verschwinden lassen. Willi schaut in die Tiefe und sieht seinen Freund zappeln und nach Luft schnappen, denn dieser hat keine Lunge, sondern Kiemen, die den Sauerstoff nicht aus der Atmosphäre ziehen können, sondern nur den, der im Wasser gelöst ist. „Hilf mir", bettelt Goldo. Willi überlegt. Es geht tief hab bis zu Grund, aber er ist gut bei Kräften und schafft den Sprung, ohne Goldo zu verletzen.

Bei Goldo angekommen sagt er: „Erschrick nicht. Ich muss dich jetzt zwischen meine Zähne nehmen, zu uns in unseren Garten tragen und in unseren Teich retten. Du brauchst keine Angst zu haben. Ich kann meine Jungen auch so am Genick packen und hinschleppen, wohin ich will, ohne dass ich ihnen im Geringsten weh tue."

Ein bisschen mulmig ist Goldo dennoch, aber er hat keine Wahl. Einmal im Katzenmaul fühlt er sich, als würde er fliegen – auch wenn er eigentlich gar nicht weiß, was das ist. Flugs ist Willi durch die Hecke, die für ihn natürlich keinerlei Hindernis darstellt, durch den halben Garten und vor dem Teich seiner Besitzerin. Behutsam senkt er den Kopf bis kurz vor die Wasseroberfläche und lässt Goldo den letzten Zentimeter in dessen Lebenselixier plumpsen, denn wie alle Katzen und Kater ist er wasserscheu und taucht nicht gern unter.

Goldo nimmt einige tiefe Atemzüge und bedankt sich überschwänglich bei seinem Freund. „Schon gut", murmelt Willi ein bisschen verlegen, „erhol' dich erst einmal. Ich habe noch etwas Wichtiges zu erledigen." „Was denn?" „Naja, irgendwann und irgendwie solltest wieder zurück nach Hause und dazu muss ich Walburga klarmachen, wo du abgeblieben bist."

Willi kehrt in den Nachbargarten zurück und fängt an dem ausgetrockneten Teich jämmerlich zu miauen an. Nach einer Weile öffnet Walburga das Fenster und faucht Willi sehr katzenähnlich an: „Willst du wohl Ruhe geben? Wehe, du hast Goldo

21

erwischt, du Mistvieh!" In diesem Augenblick sieht sie, dass kein Wasser im Teich ist und ihr schwant Böses. „Na warte, jetzt gibt's 'was hinter die Löffel!" droht sie, rennt durch den Flur und die Haustür und steht beinahe weinend vor dem Loch, in dem sich kein Wasser, aber auch kein Goldo mehr befindet. Voller Zorn, denn ihr ist klar, dass der gerade in Willis Bauch verdaut wird, setzt sie dem vermeintlichen Übeltäter nach. Sie nimmt sogar einige Kratzer in Kauf, als sie sich ebenfalls durch die Hecke kämpft, deren Durchlässe nicht für Menschengröße gedacht sind, und ihn durch den Garten der Nachbarin weiter verfolgt. Sie hat gar nicht überlegt, was sie eigentlich mit Willi anfangen will, sollte sie ihn tatsächlich erwischen.

Unvermittelt steht sie vor dem Teich, in dem fröhlich ein Goldfisch seine Runden dreht. Abrupt stoppt sie und kniet nieder. Sollte das…?

Inzwischen hat Veronika, die Teich- und Garten-, aber auch Willibesitzerin, ihren unverhofften Besuch durch die Gardine gesehen. Sie tritt durch die Terrassentür und fragt: „Darf ich wissen, was du hier suchst, Walburga?" Die Angesprochene wird rot, denn im Grunde hat sie Landfriedensbruch begangen, auch wenn man das auf dem Dorf nicht so eng sieht. „Ich hatte gedacht, Willi hätte meinen Goldo gefressen, aber anscheinend hat er ihn hergebracht und vor dem Ersticken gerettet. Mein Teich ist nämlich trockengelaufen."

Veronika bückt sich und schaut ebenfalls in das Wasser. „Das scheint wirklich der Fall zu sein. Ich habe nämlich keine Fische. Dann müsstest du Willi dankbar sein und nicht böse auf ihn." Walburga sieht Veronika ernst an. „Das bin ich auch, obwohl sich die Geschichte fantastisch anhört. Ein Zoologe wird sie uns jedenfalls nicht glauben."

Seit diesem Ereignis darf Willi ungestört auf der Pumpe sitzen und sich mit Goldo unterhalten, solange er will. Ab und zu lehnt sich Walburga auf das Fensterbrett und lächelt den Kater freundlich an.

Sechstes Türchen: Kein Brief an den Nikolaus

Der alte Severin war sehr traurig. Seine Angehörigen waren schon vor langer Zeit gestorben und er war allein in seiner Wohnung verblieben. Jedes Jahr sah er dem Nikolaustag mit Freude entgegen, denn er schrieb immer einen Brief, was er während des Jahres Gutes getan hatte, steckte ihn in den Stiefel, den er am 5. Dezember vor der Wohnungstür abstellte, und fand zu seiner Überraschung jedes Mal am nächsten Morgen den Stiefel mit einigen Leckereien gefüllt. Den Brief hatte der Nikolaus mitgenommen.

Dieses Jahr war Severin nichts eingefallen, was er Gutes getan haben könnte, und traute sich deshalb auch nicht, den Stiefel vor die Tür zu stellen. Traurig dachte er daran, dass die letzte Freude des Jahres für ihn jetzt auch dahin war.

Der Nikolaustag war beinahe vorüber, als es etwa acht Uhr abends klopfte. Severin schreckte hoch. Wer könnte jetzt etwas von ihm wollen und warum klingelte er nicht? „Wer ist da?" fragte er mit ängstlich zitternder Stimme. Von draußen erscholl ein tiefes „hohoho" und veranlasste Severin, sich zu erheben und die Tür zu öffnen.

Vor ihm stand der leibhaftige Nikolaus mit weißem Vollbart und in einen roten Mantel gekleidet. Seinen Kopf zierte eine rote Mütze, wie es sich gehörte. „Wo ist dein Stiefel, Severin?" fragte er. „Ich…; ich habe dieses Jahr nichts zu schreiben gewusst, was ich Gutes getan haben könnte." Severin klang so deprimiert, dass nicht nur der Nikolaus Mitleid bekommen hätte, hätte er das gehört.

Der rote Mann räusperte sich. „Dann lass' mich mal eintreten, Severin", sagte er, „denn ich kann dir sagen, was du alles Gutes getan hast." Erstaunt gab Severin den Weg frei. Der Besucher stellte sich mitten ins Wohnzimmer, holte eine Liste aus seiner Manteltasche und begann vorzulesen. „Du hast Gertrud Maier über die Straße geholfen, als sie unsicher war. Du hast Ilona Schmidt aufgeholfen, als sie gestürzt war, und zum Arzt begleitet. Du hast dem kleinen Anton ein neues Eis gekauft, als seins in den Dreck gefallen war. Du bist hinter

Waltraud Gemeiner hergelaufen, als ihr Paket aus der Tasche gefallen war, und es ihr wiedergegeben."

Der Nikolaus sah auf. „Du siehst, die Liste ist noch riesenlang. Ich kann weiterlesen, aber für einen schönen gefüllten Stiefel reicht das schon, was ich dir gerade vorlas. Hol' ihn 'raus und ich werde ihn ausnahmsweise vor deinen Augen füllen."

Während sich Severin auf die Suche machte, murmelte er vor sich hin: „Das habe ich alles gar nicht bemerkt." Er hatte den Stiefel gefunden und stellte ihn vor dem Nikolaus auf den Boden. Der sagte, bevor er zu seinem Sack griff: „Genau das wird doppelt belohnt, Severin. Nicht Gutes tun, um eine Belohnung zu kassieren, sondern die gute Tat um ihrer selbst willen tun ist das Beste und Selbstloseste, was einen Menschen auszeichnet." Mit diesen Worten schüttelte er seinen Sack ein bisschen und begann Severins Stiefel behutsam zu füllen. Der sah, dass seine Lieblingslebkuchen dabei waren, und bekam leuchtende Augen, als wäre er 70 Jahre jünger.

„Du siehst, Severin, dass du in Zukunft keinen Brief mehr zu schreiben brauchst. Das erledigen die Nachbarn für dich. Bis zum nächsten Jahr." Mit diesen Worten wandte sich der Nikolaus um und verließ Severins Wohnung.

Als er unten angekommen war und nach draußen trat, traf er sich mit Knecht Ruprecht, der so lange gewartet hatte. „Ein trauriger Fall, der arme Severin. Er hat wohl niemanden mehr." Wolfgang Helfrich, der dieses Jahr den Nikolaus des Blocks verkörperte, war trotz seines Bartes sein Kummer anzusehen. Karl-Werner Wossert, der in die Rolle des Knecht Ruprecht geschlüpft war, schlug vor: „Wie wär's, wenn wir ihn dieses Jahr am zweiten Weihnachtstag zu uns zum Kaffee einladen?" „Meinst du, der alte Einsiedler beißt darauf an?" „Einen Versuch ist's wert. Wenn wir nicht anfangen, geschieht nichts." „Du hast Recht, Knecht Ruprecht. Ich denke, unsere Frauen werden begeistert mitmachen.

Jetzt zu den Meisters. Silvia und Sven können zwar manchmal etwas nervtötend sein, aber meistens sind sie brav." „Sie haben bestimmt ein schönes Gedicht gelernt und sagen es uns auf." „Also los!"

Severin hatte einen Kaffee aufgebrüht und biss glücklich in den ersten seiner Lieblingslebkuchen. Er überlegte, ob er überlegen sollte, an wen aus der Nachbarschaft ihn der Nikolaus erinnert hatte, beschloss jedoch, darauf zu verzichten. Er würde aber wagen, was er vorher noch nie gewagt hatte: Die Familien Helfrich und Wossert am zweiten Weihnachtstag zu sich zum Kaffee einzuladen. Das würde ein gemütlicher Nachmittag werden, auf den er sich freute.

Siebtes Türchen: Tanz der Glühwürmchen

Wie die ganze vergangene Zeit war auch der heutige Tag kein guter für Basti gewesen. Seine Brunhilde hatte ihm beim Frühstück missmutig angefahren, er solle beim Schmieren seines Marmeladenbrötchens kein solches Gekleckse veranstalten, seine beiden Kinder hatten ihm ohne Abschiedskuss den Rücken gekehrt, als sie zur Schulbushaltestelle aufbrachen, und das Projekt in seinem Betrieb, das ihn seit Längerem beschäftigte, war Knall auf Fall ohne Begründung abgebrochen worden, sodass er schauen musste, wo er für die nächsten Wochen und Monate Arbeit herbekäme.

Umso gedrückter war die Stimmung beim Abendessen gewesen, obwohl ihn Brunhilde und die Kinder wenigstens aufzumuntern versucht hatten. Nun saß er allein auf der Terrasse, die ein Stück Garten umsäumte, und sinnierte über die Bedeutung all' dessen, was ihm widerfahren war. Oder hatte es gar keine?

Es war Hochsommer und eine der sogenannten Tropennächte stand an, das heißt eine Nacht, in der das Thermometer nicht unter 20 Grad sinken würde. Alle waren gegen elf Uhr müde gewesen und hatten sich zu Bett begeben außer ihm, Basti. Ihm stand der Sinn nach Alleinsein und er wollte zumindest bis Mitternacht draußen zubringen. Mitternacht werden nämlich alle Straßenlaternen gelöscht, um Energie zu sparen, und wer sich danach im Freien aufhält, tut das im Stockfinstern. Erfahrungsgemäß waren in dem ländlichen Vorort, in dem Basti mit seiner Familie wohnte, dann auch alle Verkehrsgeräusche erstorben, sodass sich der Nachtschwärmer allein auf der Welt wähnen darf.

Noch war es nicht soweit und Basti hing seinen trüben Gedanken nach. Leise tönte Musik aus dem Nachbarhaus und das eine oder andere Auto bemühte sich, seine Insassen rechtzeitig nach Hause zu bringen. Hätte ich doch normale Alltagssorgen, dachte Basti traurig, dass das Essen nicht anbrennt oder mir keine Mücke in die Wohnung hereinkommt, aber die Sorgen, die ich habe, gehen leider weit darüber hinaus. Er hatte das Gefühl, dass ihn seine Familie nicht mehr oder nur halbherzig unterstützte und der heutige berufliche Rückschlag hatte Brunhilde wohl nachdenklich werden lassen, ob Basti weiterhin der richtige Mann an ihrer Seite sei.

Oder bildete er sich das nur ein? Ein winziger Punkt nahm seine Aufmerksamkeit gefangen. Ein Punkt? Der Garten selbst war dunkel; wie sollte dort ein Punkt sichtbar sein? Doch, zweifellos glühte dort etwas. Es bewegte sich zwischen den Zweigen des Holunderstrauchs auf und ab. Ein Geist? Unsinn!

Basti erinnerte sich der Erzählungen seiner Großeltern, wie sie früher auf Waldlichtungen Hunderte von Glühwürmchen hatten tanzen sehen. Meine Großeltern, dachte er, spazierten anscheinend mitten in der Nacht im Wald herum, ohne Bedenken, dass sie stolpern und sich etwas brechen könnten und ohne Furcht, nicht mehr nach Hause zu finden, obwohl in ihrer Jugend das Smartphone mit eingebautem Navi noch nicht erfunden war, wie sie ihm versichert hatten. Seine Eltern wussten solche Erlebnisse nicht mehr zu berichten; zu ihrer Zeit war die Moderne mit ihren lückenlosen Überwachungssystemen, damit nur ja keinem Übles zustößt, bereits über die Welt hereingebrochen.

Obwohl es bereits lange keine mehr gab, war nun vor Bastis Augen ein Glühwürmchen erschienen. Nein, nicht nur eins. Es kamen immer mehr hinzu, die in ihrer Ausgelassenheit zu tanzen schienen. Er versuchte sie zu zählen, aber keins blieb länger als eine Sekunde an derselben Stelle und so begnügte er sich mit der Schätzung, dass ihre Anzahl ein halbes bis ein ganzes Dutzend betrug.

Fasziniert beobachtete er die Bewegungen der geheimnisvollen Wesen. Ja, es war ein Tanz, und sogar einer, der erkennbare Figuren hervorbrachte. Das gleichmäßige auf und ab bedeutete wohl „hallo" und die anschließenden Schleifen, die sie gemächlich flogen, „sei guten Mutes". Dann erneute Sprünge auf und ab in ihrem charakteristischen, leicht ruckartigen Schweben, das ihn nochmals begrüßte, und eine Spitze oder ein Pfeil nach oben, der ihm versicherte, dass es bald aufwärts gehen würde.

27

Der Pfeil stieg in die Luft, schwebte über Basti hinweg und teilte sich in einzelne unstrukturierte Lichtpunkte, die sich auf dem Rosenbusch hinter ihm niederließen. Anscheinend hatten sie dort ihr Ziel erreicht, denn nacheinander erloschen sie. Für Basti war die Vorführung eine Offenbarung gewesen. Er starrte lange auf den nun dunklen Rosenbusch und sagte leise: „Danke, liebe Glühwürmchen. Ich weiß jetzt, dass es weitergeht und es immer Hoffnung gibt."

Kaum waren die Worte verklungen, erstarben wie auf Kommando die Straßenlaternen. Mitternacht, Geisterstunde. Basti atmete tief durch und erhob sich. Leise begab er sich ins Haus und auf Zehenspitzen in das gemeinsame Schlafzimmer. Er hatte die Beleuchtung nicht eingeschaltet, spürte aber, dass Brunhilde wach lag. „Bruni?" „Ja, Basti?" „Es wird alles gut werden." Es nützte nichts, dass Brunhilde ihr Schluchzen zu unterdrücken versuchte; Basti vernahm es dennoch. „Schön, dass du wieder daran glaubst, Basti", flüsterte sie glücklich. „Die Kinder und ich hatten schon die Befürchtung gehegt, dass dir jeder Lebensmut genommen wäre. Darf ich den Grund für deinen Gesinnungswandel erfahren?"

„Der Himmel hat mir ein Zeichen geschickt."

Achtes Türchen: Lorenbahn

Nachdem sich die Familie in Husum mit allem eingedeckt hatte, was drei Personen in vier Tagen an Lebensmitteln brauchen würden, steuerte Heinrich Lüttmoorsiel an. Dort erwartete sie bereits Wirtin Gesine und begrüßte ihre Wochenendgäste. „Willkommen", sagte sie und nannte ihren Vornamen. Alma übernahm die Vorstellung ihrer Familie: „Heinrich und Sohn Volker. Ich bin Alma." Gesine sah sofort, dass Volker ein trotziges Gesicht aufgesetzt hatte. „Wie alt bist du denn?" fragte sie ihn. „Zwölf." „Reicht gerade." „Wofür?" erkundigte sich Alma. „Für etwas, was für einen wissensdurstigen Jungen sicher hochinteressant ist."

Volker behielt seine abweisende Miene bei. Was um alles in der Welt sollte auf einer Hallig, auf der außer einer gelegentlichen Sturmflut nichts geschieht, schon interessant sein? Die war es auch, worauf er hoffte: Eine Sturmflut. Er hatte sich Bilder angeschaut, auf denen die Warften wie Südseeinseln aus dem tobenden Inferno herausragten. Warften sind die Erhöhungen, die zum Bau der Wohnhäuser und Ställe aufgeschüttet sind, um vor einer Überschwemmung geschützt zu sein. Auf einer von ihnen, der Westerwarft, hatte sich Familie Holthusen über das verlängerte Wochenende, für das Christi Himmelfahrt ein sicherer Anker ist, eingemietet.

Leider – nach Volkers Logik – war für die nächsten Tage durchweg nordseeuntypisches, das heißt sonniges und windstilles Wetter angekündigt.

Da sah der Junge etwas, was tatsächlich interessant sein könnte, nämlich ein fahrbares Tisch-/Bankarrangement. Die vier Räder darunter wiesen jedenfalls darauf hin. „Hilf mit", forderte ihn Alma auf, „unser Gepäck samt Eingekauftem darauf zu verladen." „Warum denn, Mama?" „Wir müssen unser Auto hierlassen. Dort, wo wir hinfahren, gibt es nämlich keine."

Langsam schien es spannend zu werden. Bald waren Koffer und Einkaufstaschen in einer Kiste am Ende der Sitzbank verstaut und Gesine hatte das Tor zu einem umzäunten Areal geöffnet, in das Heinrich die Limousine hineinfuhr. Dann schloss Gesine das Tor wieder zu.

„Wem sind die Autos?" wollte Volker wissen. „Anderen Feriengästen, aber auch uns, den Halligbewohnern. Sonst kämen wir von diesem abgelegenen Bahnhof ja nicht weg." „Bahnhof?" „Sicher. Ein Bahnhof ist ein Ein- und Aussteigort mit mindestens einer Weiche, und wie du siehst, gibt es hier jede Menge."

Tatsächlich: Außer Gesines einfach zusammengezimmertem Gefährt standen richtige Dieselloks mit und ohne überdachtem Führerhaus und einige geschlossene Wagen mit schmalen Fenstern auf den Schienen. „Das sind Bauzugwagen", erklärte die Wirtin, „denn alles, was Nordstrandischmoor oder auch Lüttjemoor braucht, wird über den Damm transportiert."

Volker besah sich die Anlage. „Mir kommen die Gleise eng vor." „Gut beobachtet. Während der Schienenabstand der richtigen Eisenbahn 1435 Millimeter beträgt, sind es hier nur 600. Die Spurweite ist für sogenannte Feldbahnen üblich. Es gibt übrigens noch eine Lorenbahn auf die Halligen, die von Dagebüll nach Oland und Langeneß weiter im Norden. Die hat 900 Millimeter, aber für unsere Zwecke genügen 600.

Komm', lass' uns losfahren."

Alle hockten sich in Längsrichtung auf die Bank und Gesine drückte auf einen auffälligen Knopf. Eine Qualmwolke entwich dem dünnen, frei schwebenden Auspuffrohr. Lustig anzusehen war, wie ein am in den Himmel ragenden Rohrende angebrachtes Metallplättchen, das beim Parken im Freien Regenwasser vom Eindringen abhalten sollte, im Rhythmus der stoßweisen Zylinderzündungen an seinem Scharnier auf- und abwippte. Unter einer Blechkappe, die einst als Motorhaube eines historischen Lastwagens gedient haben dürfte, begann es zu rütteln und zu stottern. Nach einigen Sekunden lief die Maschinerie rund und Volker sah, dass Gesine einen eisernen Knüppel nach vorn schob. Langsam beschleunigte das Gefährt auf wenig über Schrittgeschwindigkeit und erklomm den von einer Wiese bewachsenen Deich. Zu Volkers Enttäuschung endete das Gleis auf dessem Rücken blind.

„Schon da?" Volker klang, als fühlte er sich betrogen. Die Wirtin lachte. „Nein, wir sind doch gerade erst losgefahren. Sieh' mal nach hinten." „Da zweigt ein anderes Gleis ab." „Genau. Um auf den Deich zu kommen und hinten wieder 'runter, müssen

30

wir ihn in der Schräge bewältigen, sonst wäre der Anstieg zu steil. Deswegen haben wir eine sogenannte Spitzkehre gebaut. Was siehst du jetzt?" „Was meinst du?" „Die Weiche. Wie steht sie?" Volker begriff. „Sie steht nach rechts." „Genau. Wir wollen aber nach links hinunter, auf den Damm, den du durchs Watt laufen siehst, denn dahinter liegt unser Ziel. Was denkst du, ist jetzt zu tun?" „Die Weiche umstellen?" „War das eine Frage oder eine Antwort?

Du hast aber recht. Siehst du den Hebel da, dessen Gestänge unter die Gleise führt?" „Ja." „Der zeigt nach rechts, wie du gerade sagtest. Jetzt gehst du bitte hin und stemmst ihn auf die andere Seite. Dann wirst du sehen, was passiert."

Begeistert rannte Volker zu der besagten Stelle und versuchte den Hebel umzukippen. „Nicht mit den Fingerspitzen, Volker, das ist kein Joystick. Ich sagte stemmen. Mit aller Kraft!"

Volker stemmte sich nach dieser Anweisung gegen die widerborstige Stange und siehe da: Kaum war der erste Widerstand überwunden, fielen zwei Metallstücke in die entgegengesetzten Positionen. „Na, wo zeigt die Weichenzunge jetzt hin?" „Die was?" „Die Weichenzunge. Das ist das dreieckige Ding in der Mitte des Abzweigs, das bestimmt, wohin die Reise geht. Wohin zeigt die Zunge?" „Nach links." „Und da werden wir jetzt hinfahren. Ich rolle langsam an dir vorbei und du springst auf. Denkst du, du schaffst das?"

Ehrensache! Als Gesine Volker auf der Fahrt über den Damm den Hebel überließ, war Volkers Stimmung ins Überschwängliche umgeschlagen. Voller Spannung saß er rittlings auf der Sitzbank und dirigierte mit voller Konzentration den schwankenden, in den Schienenstößen metallische Geräusche von sich gebenden fahrbaren Untersatz. „Darf ich mit dir mitfahren, wenn du das nächste Mal aufs Festland musst?" bettelte er. „Gern." Zu den Eltern gewandt bemerkte Gesine trocken: „Ich fürchte, außer während der Mahlzeiten werdet ihr von eurem Volker nicht viel sehen." „Das macht nichts", beruhigte Alma sie, „wir hatten gehofft, dass er sich für den Lorendamm begeistert. Er ist nämlich ein großer Eisenbahnfan und dass es auf der langweiligen Hallig so etwas gibt, hatten wir ihm wohlweislich verschwiegen."

31

Der Endbahnhof auf Lüttjemoor bietet nicht nur ein ebensolches Sammelsurium abenteuerlicher Fahrzeuge wie der der Festlandseite, sondern auch eine Zweigstrecke, die offensichtlich in ein Haus in geringer Entfernung mündete. „Die Neuwarft auf der Ostseite ist das größte Gästehaus hier", erläuterte Gesine, „und die Besitzer haben sogar eine überdachte Lore. Bei waagerechtem Regen können sie unmittelbar in den Schutz des Hauses fahren." „Sag' bloß, das kommt hier vor?!" Gesine lächelte genauso verschmitzt wie Heinrich, als sie antwortete. „Waagerechter Regen? Ganz, ganz selten. Leider bietet auch die Neuwarft kein vollwertiges Restaurant, sondern lediglich Kaffee und Kuchen an. Deshalb galt es für euch alles vorher einzukaufen." „Und wo müssen wir hin?" „Ans andere Ende der Hallig. Aber keine Bange, Volker, ihr braucht nicht mit allem Gepäck dorthin zu laufen."

Die Westwarfteigentümerin winkte Familie Holthusen in einen Pferdewagen, der für vierbeinige Passagiere gedacht zu sein schien. Als Volker an dessen Außenwand ein Schild entdeckte, das diese Vermutung zur Gewissheit werden ließ, war er vom Gelingen der Reise endgültig überzeugt: *Achtung, lebende Tiere! Artgerechter Transport* stand darauf.

32

Neuntes Türchen: Die Seelenschmiede

Die 14jährige Amber nahm ihre zwei Jahre jüngere Schwester Berenice und ihren sechs Jahre jüngeren Bruder Cedric bei der Hand, denen allmählich unheimlich zumute wurde.

Sie hatten den lichten Wald hinter sich gebracht und näherten sich der Schlucht, in der die geheimnisvolle Seelenschmiede liegen sollte. Die Kinder liefen barfuß und waren lediglich mit Nachthemden bekleidet, froren aber wie durch Zauberei nicht. Nur jungen Menschen wird nach alten Schriften Einsicht in das Wirken der Schmiede gewährt. Erwachsenen bleibt der Einblick in die Weisheit des Lebens verwehrt.

Der Pfad war schmal, aber für Amber, Berenice und Cedric breit genug. Sein Boden bestand aus Gras, sodass die kleinen Füße weich auftraten. Dennoch wurde den beiden Jüngeren immer schwerer ums Herz. „Meinst du nicht, dass irgendwo wilde Tiere lauern könnten?" fragte Cedric beinahe weinerlich. „Nein, das weiß ich genau." Die gelassene Antwort der Ältesten beruhigte die Kleinen einige Zeit.

Der Wald wurde immer dichter und es dunkelte. Allmählich kehrte die Furcht zurück. Merkwürdigerweise sahen die Kinder immer noch genug, um nicht die Richtung zu verfehlen, obwohl ihnen keinerlei Hilfsmittel wie Taschenlampen zur Verfügung standen. „Sind wir bald da?" Cedrics Zittern in der Stimme war unüberhörbar.

Plötzlich lächelte Amber und deutete nach vorn. „Ja. Da ist es. Seht ihr das Haus?" Sie sahen es. Aus dessen Innerem flackerte gespenstisches Licht, aber sonst war alles ruhig. „Was suchen wir hier eigentlich?" flüsterte Berenice. „Unsere Seelen", flüsterte Amber zurück. „Was für Sachen?"

Amber wandte sich ihren Geschwistern zu. „Ich habe euch doch erzählt, dass jeder Mensch eine Seele hat, das, was niemand sehen oder hören kann, das aber über Wohl und Wehe jedes Einzelnen bestimmt. Erinnert ihr euch nicht?" Sie erhielt ein zweifaches „klar!" zur Antwort. „Nun, die müssen doch irgendwo hergestellt werden. Und dieses Irgendwo ist hier." „Und du meinst, dass wir uns das angucken dürfen?" „Ja, aber nur Kinder. Ich musste diese für mich letzte Gelegenheit

33

ergreifen, denn bald bin ich erwachsen und damit geht mir der Zugang verloren."

Die Drei hatten sich vor eins der Fenster gestellt und versuchten in das Gebäude zu schauen. Wie erschraken sie, als plötzlich eine tiefe Stimme hinter ihnen sagte: „Na Kinder, sucht ihr 'was?" Als sie sich herumdrehten, sahen sie einen Mann mit weißem Bart, ganz so, wie sie sich immer einen Zauberer vorgestellt hatten. Ein blauer Mantel und ein spitzer Hut mit goldenen Sternen vervollständigten den Eindruck. „Wer bist du?" fragte Amber, ohne auf die Frage zu antworten. „Ich bin Meister Eberhard." „Der Seelenschmiedemeister?" „Richtig. Kommt mit hinein. Da seht ihr, wie Seelen gemacht werden."

Eberhard strahlte so viel Vertrauen aus, dass die Kinder ihm ohne Bedenken folgten. Zu ihrer Überraschung reihte sich im Innenraum Amboss auf Amboss, Hammer auf Hammer und Schmied auf Schmied. Ein Höllenlärm herrschte, aber dennoch verstanden sich die Kinder und ihr Führer weiterhin problemlos.

„So viele?" war naturgemäß die erste Frage. „Ihr wisst ja ungefähr, wie viele Menschen es auf der Erde gibt. Und für jeden muss eine Seele geschmiedet werden." „Sind alle Seelen gut?"

Bei dieser Frage kraulte Eberhard verlegen seinen Kinnbart. „So geplant ist es, Amber, aber leider misslingt hier und da ein Exemplar und geht als böse 'raus in die Welt." „Könnt ihr das nicht korrigieren?" „Schwierig. Wir müssen die Seele einfangen und nochmals bearbeiten." „Warum ist das schwierig?" „Na, jeder trägt seine Seele in sich. Wenn wir sie entfernen, um sie hierher zurückzuholen, läuft der Betreffende eine Zeit lang als seelenlose Hülle herum."

Amber, Berenice und Cedric sahen sich betreten an. „Wann kommt denn heraus, wenn eine Seele missraten ist." Wieder war es die Älteste, der diese Frage einfiel. „Ziemlich schnell. Allerdings fällt den Eltern schwer, zu unterscheiden, wann ihr Nachwuchs harmlose Streiche verübt und wann bösartige. Ab der Pubertät, also ab ungefähr deinem Alter, Amber, werden dann die Streiche, auf die jedes Kind ein Recht hat, zu Vergehen und sogar Verbrechen."

Entsetzt hielten sich die Geschwister die Hand vor den Mund. „Und bei uns?" hauchte Berenice. Sie hatte die Frage nicht laut zu stellen gewagt. Eberhard lächelte. „Da habe ich keine Vorbehalte. Wir haben über alle Seelen eine Akte angelegt, sodass wir jederzeit ihre Daten nachschauen können. Kommt!" Eberhard führte seine Besucher aus der lauten Schmiede in einen riesigen, ruhigen Raum voller Bildschirme. „Auch wir mussten mit der Zeit gehen", gestand der Hausherr. „Früher lagerten hier Unmengen von Ordnern, solche Unmengen, dass wir gar nicht mehr ihrer Herr wurden. Wir brauchten Stunden oder Tage, um zu finden, was wir suchten. Jetzt ist alles viel einfacher." Er trat an einen der Monitore, navigierte eine Weile herum, erklärte schließlich: „So, da seid ihr. Ihr dürft es ruhig lesen." und wies mit der ausgestreckten Hand auf die Daten, die er sichtbar gemacht hatte.

Als Erster traute sich der Jüngste nach vorn. „Cedric Mansour: Ruhiges, ein bisschen ängstliches Kind, lernt gern, kann mit Acht bereits fehlerfrei lesen, gute Zukunft zu erwarten, gute Seele." Zufrieden und selbstbewusst lächelte der Junge. „Ein bisschen ängstlich, von wegen! Hatte ich nicht als Erster den Mut, meine Akten einzusehen?"

Da wagten sich auch Berenice und Amber an die Ihren. Vor allem Amber war sehr zufrieden mit dem, was sie über sich las. Auch Eberhard zeigte sich zufrieden. „Ich mache das ungern, mehrere Kinder gleichzeitig im Seelenbuch lesen zu lassen. Ich war aber überzeugt, dass bei euch kein Neid und keine Missgunst aufkommen werden, weil der eine hier, die andere da einige besondere Vorteile hat. Meine Einschätzung gab mir Recht. Jetzt aber, meine Lieben, ist es an der Zeit, zurück nach Hause zu gehen und ins Bett zu krabbeln. Morgen ist Schule und da solltet ihr ausgeschlafen sein."

„Das meine ich auch", sagte Mutter Fatima, die ins Zimmer gehuscht war, um zu sehen, ob ihre Schützlinge allmählich mit der Geschichte fertig waren, die Amber geschrieben und ihren Geschwistern zum Einschlafen hatte vorlesen wollen. „Nur noch den Schlusssatz, Mama, bitte", bat Amber. „Na gut." „Als Amber, Berenice und Cedric auf den Waldweg einbogen, der sie zurück nach Hause führen würde, drehten sie sich ein letztes Mal um und sahen Meister Eberhard, der ihnen hinterher winkte. Sie winkten freudig zurück."

Zehntes Türchen: Die Weihnachtsplätzchen

Trixie Sommersberg ist ein ganz normal heranwachsendes Mädchen, das sich in Nichts von ihren Klassenkameradinnen und Freundinnen unterscheidet. Wirklich in Nichts? Auf den ersten Blick stimmt das, aber von Anfang an hing Trixie der Ruf des Glückspilzes an, denn immer wenn sie etwas braucht oder sich wünscht, findet sich im Handumdrehen das Gebrauchte oder Gewünschte ein, liegt wie von Zauberhand auf dem Wohnzimmertisch oder wird ihr von unerwarteter Seite geschenkt.

Die Ahnung, dass die Zauberhand ihre eigene ist, verstärkt sich immer mehr, ohne dass sie weiß, wie sie diese Ahnung in Gewissheit verwandeln könnte, bis der Tag der Deutscharbeit kam.

Immer noch müssen die Schülerinnen und Schüler ihre Aufsätze von Hand mit Füllfederhalter in ein Heft schreiben, um diese Fähigkeit ins Leben mitzunehmen, obwohl im Beruf kaum jemand mehr etwas mit der Hand zu Papier bringt. Ein persönlicher Brief macht handgeschrieben dennoch einen viel besseren Eindruck als ein Computerausdruck.

Die Aufgabe bestand darin, ein Gedicht von Ingeborg Bachmann zu interpretieren. Nun kann Trixie mit Lyrik nicht viel anfangen und mit der Lyrik dieser Dichterin schon gar nichts. Damit die Lehrerin nicht merkte, dass sie nichts tat, kritzelte Trixie Männchen an den Heftrand und gab diese statt eines Aufsatzes ab. „Krieg' ich eben ein Sechs", sagte sie sich. Sie ist eine recht gute Schülerin und dieser eine Aussetzer würde ihre Versetzung nicht gefährden.

Wie groß war die Überraschung, als die Lehrerin ihr ihr Heft mit einem „sehr gut, Trixie" aushändigte. So war der Aufsatz auch benotet. Mehrere sorgfältig beschriebene Seiten ohne eine einzige rote Anmerkung. Ungläubig starrte Trixie auf den Text. Wer hatte ihn geschrieben?

Seitdem weiß sie: Sie hat magische Kräfte. Da sie mit keinem Zauberstab herumfuchtelt und auch mit keinem Glitzerpulver um sich wirft, merkt das nach wie vor niemand. Das ist sehr schön, denn sie braucht sich für nichts anzustrengen. Guckt gerade keiner hin, zaubert sie das Gewünschte einfach als erledigt her und ist mit allen Aufgaben früher fertig als ihre Freundinnen, die im Schweiß ihres Angesichts den Flur putzen und das Unkraut im Garten rupfen müssen und sich dabei ganz schön die Hände schmutzig machen.

Das ist zwar schön und gut, verführt aber zur Faulheit und Faulheit ist ein Laster, das irgendwann auf die Faule oder den Faulen zurückschlägt.

Trixie ist sich der Fähigkeiten ihrer Zauberkräfte so sicher, dass sie sich begeistert meldet, als es darum geht, Weihnachtsplätzchen zu backen. „Ha", denkt sie, „lass' die anderen im Teig herumkneten oder sich am Backofen die Finger verbrennen; ich zaubere meine Plätzchen einfach fertig und sie werden die besten von allen sein."

Ein bisschen schwierig ist es, zu tun, als arbeite sie, während Trixie lediglich darauf wartet, dass die Backzeit abgelaufen ist. Sie schafft es, denn sie hat sich mittlerweile ganz gut daran gewöhnt, Arbeit vorzutäuschen. Dann gilt es, die Plätzchen vorzuzeigen. Sie sehen gut aus und dampfen appetitlich, riechen aber ein wenig komisch. „Wird schon", beruhigt Trixie ihre Freundinnen, „lasst sie einmal abkühlen und ihr werdet sehen, sie schmecken wunderbar."

Nach einer Stunde ist es soweit und Sonja, Trixies beste Freundin, kostet das erste von deren Backwerk. Sie verzieht den Mund und spuckt es entsetzt wieder aus, obwohl sie sich vornahm, das zu unterlassen. „Igitt", sagt sie zusätzlich. „Na hör' mal", empört sich Trixie, „das gehört sich doch nicht. Lass' mich probieren." Als sie ihr Plätzchen in den Mund steckt, gelingt ihr nicht, Genuss vorzutäuschen. Mit einem genauso angewiderten Gesicht wie Sonja spuckt sie es genau wie diese wieder aus.

„Was hast du denn da 'reingetan?" erkundigt sich Sonja. Eine gute Frage, denn das weiß Trixie natürlich nicht. „Hm. Zucker?" „Ganz sicher nicht. Eher Tapetenleim." „Ich…; ich habe nicht so richtig darauf geachtet." Sonja blickt ihre Freundin misstrauisch an. „Das sollte man beim Backen aber. Mehl und Eier, Zucker und Milch, aber auch Kakao und Zimt in der richtigen

37

Mischung sind das Mindeste, was in Weihnachtsplätzchen gehört."

Trixie schluckt, denn plötzlich erkennt sie, was sie falsch gemacht hat. Aufsätze schreiben oder den Flur putzen oder Unkraut rupfen kann sie, und alles, was sie selbst kann, können auch ihre Zauberkräfte. Von Dingen, die sie aber noch nie gemacht hat, haben auch diese keine Kenntnis. Sie hätte sich erkundigen müssen, wie man Plätzchen backt. Und jetzt....

Sie senkt schuldbewusst den Kopf und ihr kommen die Tränen. „Ich bin blamiert bis auf die Knochen. Ich wollte doch die besten Plätzchen...." Weiter kommt sie nicht, denn ihr Schluchzen erlaubt ihr nicht weiterzusprechen.

Sonja ist eine wirklich gute Freundin, die kein Vergnügen daran findet, Trixie in diesem Zustand zu sehen. „Pass' auf", sagt sie, „wir haben noch genug Zeit. Wir kneten ganz schnell einen neuen Teig, formen die Plätzchen nochmal und schieben sie in den Ofen. Deinen Tapeten..., ich meine deinen ersten Versuch entsorgen wir unauffällig."

Jetzt geht es los! Sonja ist eine wahre Küchenzauberin, ohne dass sie über Trixies Gaben verfügt, und hat mit Trixies Hilfe, die ihr eilig zureicht, wonach die Köchin begehrt, in Rekordzeit ein neues Blech fertig. Schnell in den Ofen schieben, die richtige Backzeit einstellen und als die Gäste eintreffen, dampfen die Plätzchen wie Trixies erste, riechen aber so wunderbar nach Zimt und Vanille, dass niemand es erwarten kann, bis sie ausreichend abgekühlt sind, und so mancher Magen später rebellieren wird.

Das Urteil fällt einstimmig. „Trixies Plätzchen sind die Besten!" „Nein", wehrt Trixie ab, „ich will mich nicht mit fremden Federn schmücken. In Wirklichkeit ist es Sonjas Gebäck, denn ich habe keine Ahnung, wie man so etwas macht. Ein bisschen habe ich gelernt, aber bis ich so weit wie Sonja bin, werdet ihr euch noch eine Weile gedulden müssen." Trixie erhält viel Beifall für ihre Ehrlichkeit und sie hat tatsächlich etwas gelernt, wenn auch nicht unbedingt Plätzchen backen.

Ich werde, nimmt sie sich vor, in Zukunft nur noch zaubern, wenn es unbedingt nötig ist. Alles, was zu tun mir aufgetragen wird, werde ich eigenhändig erledigen, und wenn ich nicht weiß, wie es geht, werde ich jemanden fragen oder nachlesen, um es zu lernen.

Dieser Entschluss fördert ihr Wohlbefinden so nachhaltig, dass sie in der Folgenacht tief und traumlos schläft. Ein gutes Gewissen ist ein sanftes Ruhekissen, heißt es nicht umsonst.

Elftes Türchen: Fantasia

Ihr wisst, wie Ihr selbst und die Welt um Euch herum aussieht. Ihr wohnt in einem Häuschen oder einem Mietblock und bewegt Euch im Alltag zwischen zu Hause, der Schule und dem Einkaufszentrum. In den Sommerferien begleitet Ihr Eure Eltern zur Erholung vielleicht ans Meer und im Winter in die Berge zum Skifahren. Außer Menschen gibt es Haustiere, leider auch lästige wie Mücken oder Fliegen, und im Wald Rehe oder sogar Wildschweine. Das Zwitschern der Vögel ist überall zu hören. Warum zähle ich das auf?

Weil eine Welt auch völlig anders aussehen kann. Unsere ist der Planet Erde, der in durchschnittlich 150 Millionen Kilometern auf einer elliptischen Bahn um unsere Sonne kreist. Entfernen wir uns ein Stückchen von dieser weg, sagen wir 67 Lichtjahre – das sind 634 Billionen Kilometer, das heißt hinter der dreistelligen Zahl folgen zwölf Nullen –, und besuchen den Aldebaran im Sternbild des Stiers. Natürlich dürfen wir nicht wagen, uns direkt darauf zu begeben, denn es handelt sich bei ihm um eine Sonne wie die unsere. Folglich begnügen uns damit, einen seiner Planeten in Augenschein zu nehmen, sagen wir den dritten, auf dem ähnliche Temperaturen wie auf unserer Erde herrschen.

Das erste, was Euch dort auffallen wird, ist das überall herrschende rote Licht. Während unser Tagesgestirn weiß leuchtet, sich also sein Licht in alle Regenbogenfarben aufspalten lässt, ist das bei dem roten Riesen Aldebaran nicht möglich. Folglich ist zu erwarten, dass ein dort lebendes Wesen keine Farbunterscheidung kennt, weil diese überflüssig ist.

Gehen wir getrost davon aus, dass unser ausgewählter Planet tatsächlich bewohnt ist. Dazu gehört eine gewisse Vielfalt wie Ihr sie von hier kennt, denn einige Dinge gehören zwingend zum Leben wie Stoffwechsel. Das bedeutet, dass Nahrung in irgendeiner Form vorhanden sein muss. Das bedingt unterschiedliche Arten, seien sie wie hier unterschieden in Raub- und Beutetiere sowie Pflanzen, die sich alle irgendwie gegenseitig zu befruchten in der Lage sein müssen.

Das sind die unstrittigen Ähnlichkeiten. Wie die Individuen, die Einzelwesen aussehen, unterliegt jedoch keiner Einschränkung. Vielleicht hat die Evolution, die Entwicklung, die sich immer den vorherrschenden Verhältnissen anpasst, es für zweckmäßig befunden, ihre wichtigsten Vertreter mit vier Armen und vier Beinen auszustatten. Der Mensch steht auf seinen beiden nämlich ein bisschen wacklig, was vor allem im Säuglings- und im Greisenalter zu Schwierigkeiten führt. Zwei Arme sind erwiesenermaßen zum Betten beziehen zu wenige – zumindest für Männer –, da helfen deren vier viel zuverlässiger weiter.

Eurer Fantasie sind keine Grenzen gesetzt. Eine dritte Lebensform zwischen Pflanzen und Tieren ist für uns schwer vorstellbar. Das bedeutet aber keineswegs, dass es so etwas nicht geben kann. Bedenkt immer, dass unsere Erfahrungen sich allein auf das beschränken, was auf unserer Erdkugel herumkrabbelt und -flattert.

Ein weiteres Merkmal des Planeten Aldebaran 3 ist, dass er sich wesentlich langsamer um die eigene Achse als unsere Erde dreht und diese zu seiner Sonne beinahe einen rechten Winkel bildet. Das hat zur Folge, dass ein Tag dort beinahe so lange wie bei uns ein Jahr dauert und auf diese Weise für eine Art Jahreszeit sorgt, denn Jahreszeiten mit langen warmen und kurzen kalten Tagen, wie wir es gewohnt sind, gibt es nicht.

Nun haben wir alles erklärt, was nötig ist, und greifen uns ein Exemplar der höchstentwickelten Art zur Beobachtung heraus. Es hat einen wunderschönen, aber für uns unaussprechlichen Namen. Da diese fantastische Geschichte vorgelesen werden möchte, nennen wir es einfach Albi.

Heute, das heißt dieses Jahr drückt ihn eine Sorge. Sein Sohn Aldo, den er zusammen mit seiner Frau Albia aufzieht, wird aus der Schule entlassen und hat keine Ahnung, was für einen Berufsweg er einschlagen soll. Sein Zeugnis ist brauchbar, aber nicht gut genug für die höchste Laufbahn des Pneumatikers. Die Aldebaraner haben nämlich die Elektrizität nicht erfunden und betreiben alle ihre Maschinen pneumatisch, das heißt mit Luftdruck. Der Pneumatiker ist der, der diese Maschinen bedienen oder reparieren darf. Zur untergeordneten

41

Tätigkeit eines Drückers oder Fledderers oder Einstampfers hat Aldo keine Lust. Drücker betätigen die Blasebalge, die die großen Drucklufttanks mit Druck füllen, um mit deren Inhalt Maschinen zu betanken. Fledderer zerteilen die Strünke der Weckannen, um sie für die aldebaranische Bevölkerung genießbar zu machen. Weckannen sind die erwähnten Mitteldinger zwischen Pflanzen und Tieren, die den Aldebaranern erlaubt, vegetarisch zu essen, obwohl unklar ist, ob Weckannen Schmerz empfinden oder nicht. Einstampfer schließlich gehören zur niedrigsten Schicht und stampfen den Abfall, den eine Zivilisation unvermeidlicherweise erzeugt, zurück in den Boden, wo er ursprünglich herkam.

„Hättest du dich ein bisschen mehr angestrengt", schimpfte Albi seinen Sohn aus, „hättest du ein besseres Zeugnis und könntest höher steigen." „Aber das war doch alles so langweilig", maulte Aldo, „wozu muss ich wissen, dass das Sternbild der Sonne 67 Lichtjahre von hier entfernt ist? Oder war das für dich je wichtig?" Darauf wusste Albi nichts Überzeugendes zu antworten.

„Wie wär's", warf Albia in typisch weiblichem Bestreben ein, den Familienfrieden zu wahren, „wenn du, Aldo, Handwerker oder Ingenieur würdest?" „Was ist das denn, Mama?" „Einer muss doch die Häuser bauen, in denen wir wohnen, und einer die Wasserleitungen darin legen, damit wir uns die Hände waschen können, und ein anderer die Fahrzeuge entwerfen, in denen wir herumfahren."

Albi empörte sich. „Das willst du unserem Sohn zumuten, Albia?" „Heute sind diese Berufe wenig geachtet, Albi, aber du wirst sehen, eines Tages werden sie zur Elite unserer Kultur gehören, denn eines Tages werden alle einsehen, dass ohne Handwerk alles andere nutzlos ist."

Natürlich gewann Aldia die Diskussion und Aldo wurde Handwerker. Wie ist er mit seinen vier Beinen und Füßen um seine Standfestigkeit und mit seinen vier Armen und Händen um seine Geschicklichkeit zu beneiden! Er kann immer mindestens zwei Dinge auf einmal erledigen und ein irdischer Werker wäre neidisch, wüsste er um die Existenz seines aldebarani-

42

schen Konkurrenten, nicht zuletzt, weil dieser den doppelten Stundenlohn verlangen dürfte.

Trotz aller Geschicklichkeit haut sich indes auch ein aldebaranischer Zimmermann gelegentlich mit dem Hammer auf einen seiner zahlreichen Finger. Soll ich Euch sagen, was dann geschieht? Er wird auf Aldebaranisch ein Wort ausstoßen, das nicht auf den weihnachtlichen Gabentisch gehört, an dem getroffenen Finger lecken und eine Weile seine Arbeit Arbeit sein lassen, bis der Schmerz nachlässt. Ist nicht die Erkenntnis, dass sich der Alltag aller Lebewesen im Universum gar nicht so sehr voneinander unterscheidet, unter welcher Sonnenfarbe auch immer sie sich aufhalten mögen, ungeheuer tröstlich?

Zwölftes Türchen: Adalbert, das liebe Monster

Der achtjährige Hans war ein ganz normaler Junge, der als Drittklässler bereits einwandfrei lesen, schreiben und in den vier Grundrechenarten rechnen beherrschte. Seine zwei Jahre ältere Schwester Andrea war weiter, aber Hans war mit dem Gelernten zufrieden. Spätestens am Ende der Schulzeit würden beide gleichviel wissen, dessen war er sich sicher. Die Familie hatte vor einem Jahr ein eigenes Haus bezogen, in dem jedes der Kinder ein Zimmer für sich belegte. So sehr sich Hans freute, nach Wunsch allein zu spielen, waren die Abende zunächst ein Problem gewesen. Da lag er nämlich zum ersten Mal, seit er sich erinnern konnte, allein zwischen unheimlichen, dunklen Wänden, nachdem seine Mutter das Licht gelöscht und ihn ermahnt hatte, es nicht wieder einzuschalten, damit er bald einschliefe und morgen bei Unterrichtsbeginn wach und aufmerksam wäre.

„Aber das Monster unter dem Bett, Mama?" „Aber Hans, das gibt es doch nicht." „Doch, Mama, ganz sicher." „Hast du es schon einmal gesehen?" „Nein. Aber ich war ja nie allein und das Monster traut sich nur hervor, wenn ein Kind allein ist." „Wo hast du das denn her?" „Von Werner."

Die Mutter seufzte. Werner war Hans' Spielkamerad und an sich ganz in Ordnung wie seine Eltern auch, aber er neigte zum Erzählen von Gruselgeschichten, die er zu allem Überfluss selber zu glauben schien. Es ist schwierig, Kinder von Überzeugungen abzubringen, die sie glauben, weil sie sie glauben wollen. Sie wusste nicht recht, wie sie ihren Sohn beruhigen sollte, und flüchtete sich in eine Gegenfrage. „Sind denn alle Monster böse?" Die Frage überraschte Hans. Das nahm er an, denn die Frage von Gut und Böse spielte in Werners Erzählungen keine Rolle; da ging es nur um das Erschrecken. Andererseits war noch nie einem Kind etwas zugestoßen, wie er sich zu erinnern meinte. Was sollte er daraus schließen? „Ich weiß nicht, Mama", antwortete er nach einer Weile. „Dann nimm an, dass dein Monster ein gutes ist. Dann kann nämlich nichts passieren."

Als Hans im Dunkeln allein lag, versuchte er sich mit seinem Gehör zu orientieren. Raschelte da nicht etwas? Doch, unter ihm, eindeutig. „Monster?" Schlagartig verstummten die Geräusche. Ob ich es erschreckt habe, fragte sich Hans. Das ist doch dumm, sagte er sich sofort, das Monster soll doch mich erschrecken und nicht ich es. „Monster?" Das klang so lieb er es herauszubringen schaffte. „Ich heiße Adalbert", knurrte es unter ihm. „Das ist schön, Adalbert. Schade, dass ich dich nicht sehen kann." „Warum nicht?" „Es ist dunkel und Menschen können im Dunkeln nicht sehen." „Dann mach' doch Licht!" „Das hat Mama mir verboten." „Das ist dumm."

Während der folgenden Sekunden der Stille dachte sich Hans, dass Adalbert überlegte. Dieser schien einen Entschluss gefasst zu haben. „Ich hab's. Ich kann ein wenig zaubern. Guck' vorsichtig über die Bettkante. Dann kannst du mich sehen."

Tatsächlich nahm Hans einen Schatten wahr und sagte das auch. „Ach, weißt du", erklärte Adalbert, „Kinder sollten mich nicht sehen wie ich bin." „Und Erwachsene?" „Die erst recht nicht. Die verstehen gar nichts und gehen gleich mit einem Besen auf mich los." „Mama sicher nicht. Die hat mir ja gesagt, dass du lieb bist." „Dann ist sie vielleicht eine Ausnahme. Ich möchte aber nichts riskieren. Versprichst du mir, niemandem von mir zu erzählen, auch deiner Schwester nicht?" „Das verspreche ich. Mir würde sowieso niemand glauben und Andrea schon gar nicht."

Hans merkte, dass der Schatten allmählich den Boden bedeckte. „Uuh, bist du groß. Du tust mir ganz bestimmt nichts?" „Ganz bestimmt nicht. Ich bin so froh, mich einmal strecken und mit jemandem reden zu dürfen." Der Schatten füllte nun beinahe den ganzen Raum aus und Hans bekam große Augen. „Das verstehe ich. Unter meinem Bett ist es sicher furchtbar eng für dich." „Das kannst du laut sagen. Erschrick nicht, wenn ich jetzt meine Arme und Beine ein wenig bewege."

Hans sah fasziniert zu, wie Adalbert beinahe so etwas wie einen Tanz aufführte. „Du siehst nicht aus wie ein Mensch." „Natürlich nicht, sonst wäre ich doch kein Monster." „Hast du keine Angst, dass gleich jemand hereinkommt? Du machst ganz schön Krach." „Keine Angst, den hört außer dir niemand.

45

Ich bin ganz allein für dich da."

Dann sah Adalbert die Wasserflasche und das Glas, die die Mutter hereingestellt hatte, falls Hans in der Nacht Durst bekäme. „Was ist das?" „Wasser. Ich soll viel mehr trinken, hat Mama gesagt, aber ich habe nie Durst. Das scheint ihr ein bisschen Sorgen zu machen." „Ach ja, ihr Menschen müsst ja essen und trinken." „Müssen wir. Manchmal ist das blöd, wenn ich mit meinen Freunden spiele und wir sollen alles stehen und liegen lassen, weil wir schon wieder zu Tisch gerufen werden. Willst du mal probieren? Das Wasser, meine ich." „Hm, ja. Ich habe so etwas noch nie gemacht. Hilfst du mir?" „Gern."

So richtige Hände, um das Glas zu erfassen, besaß Adalbert nicht. Hans war versucht, über dessen unbeholfenen Versuche zu lachen, beherrschte sich aber, weil er seinen neuen Freund nicht beleidigen wollte. „Wir machen das anders", bestimmte er, „ich trinke jetzt das Glas leer und du setzst die Flasche an. Du wirst ja wohl irgendwo einen Mund haben."

Das schien zu funktionieren. Hans sah die Flasche schräg in der Luft hängen und hörte gluckernde Geräusche. „Boah, hast du einen Zug." Adalbert setzte die Flasche wieder vorsichtig auf dem Nachttisch ab. „Entschuldige, ich wollte dir nicht alles wegtrinken." „Macht nichts, das Glas genügt mir."

Hans gähnte. „Ich sollte langsam schlafen. Aber mit dir ist's spannend." „Du kannst ruhig schlafen. Wir können ja morgen Abend weiterreden. Ich bin immer da – jedenfalls, solange du an mich glaubst." „Dann werde ich immer an dich glauben. Und ich dachte, ich müsste mich fürchten." „Das musst du überhaupt nicht. Ich bin ja da, um dich zu beschützen."

Diese beruhigenden Worte veranlassten Hans, so tief und fest zu schlafen, dass am nächsten Morgen seine Mutter keine Mühe hatte, ihn zu wecken und für die Schule vorzubereiten. Sie freute sich, dass ihr kleiner Sohn endlich den Rhythmus gefunden zu haben schien, den ihm sein Tagesablauf vorgab.

Dann sah sie etwas Merkwürdiges, beinahe Unheimliches. Die Wasserflasche, die Hans bisher nie angerührt hatte, war bis auf den letzten Tropfen leergetrunken.

13. Türchen: Bärenhausen

Edith und Volker bauen den großen Sitzungssaal im Rathaus auf. Der nimmt beinahe die gesamte Breite einer Reihe des Bücherregals ein, das die Kinder als Wohnstatt ihrer Stofftiere nutzen. Nur ein Stückchen davon bleibt als Küche abgetrennt, in der Hündin Susi den Kaffee für die drei wichtigsten Tiere der Stadt zubereitet und auf Wunsch aufträgt. Die drei wichtigsten Tiere sind Bürgermeister Teddy, Stadtschreiber Trampy und Stadträtin Mummy. Teddy ist ein Bär, Trampy ein blauer Elefant und Mummy eine Häsin.

Edith findet, dass nicht nur eine Küche, sondern auch ein Büro sein muss, in dem Trampy das Protokoll schreibt. „Unsinn", sagt Volker, „das Ergebnis ihrer Sitzung tippt er doch gleich in sein Notebook. Da brauchen wir kein extra Büro. Das ist veraltet." „Es macht das Spiel aber abwechslungsreicher", verteidigt Edith ihre Idee. Da Volker dem Charme seiner Cousine meistens nicht widersteht, zieht er auf der anderen Seite ein weiteres Buch bis zur Regalkante vor, das die Trennung von Sitzungssaal und Büro symbolisiert.

„Ihr wisst, warum ich euch zusammengerufen habe", beginnt Teddy die Sitzung. „So genau nicht", brummt Mummy, „du hast irgendetwas von Namen geschrieben." „Genau. Wovon reden wir, wenn wir von unserer Stadt reden?" „Na, von der Stadt. Wovon sonst?" Auch Trampy ist nicht so recht klar, worum es geht. „Findet ihr nicht, dass das ein bisschen wenig ist?" fügt Teddy hinzu. „Wieso? Wir wissen doch alle, was gemeint ist." „Das stimmt natürlich, Mummy. Keiner redet sich selbst mit seinem Namen an. Was aber ist, wenn mehrere zur Auswahl stehen? Ich sage doch auch Mummy und Trampy, wenn ich ausdrücken will, wen ich meine." „Was hat das mit der Stadt zu tun?"

Teddy atmet tief durch. Manchmal sind seine Gemeinderatsmitglieder schwer von Begriff. „Angenommen, andere Stofftiere aus einem anderen Haushalt besuchen uns. Wo, sollen sie hinterher sagen, waren sie? In der Stadt sagt nichts aus. Sie kommen wahrscheinlich selbst aus einer."

47

Mummy geht ein Licht auf. „Du meinst, wir sollen unserer Stadt einen Namen geben? Wie Frankfurt oder so?" In Frankfurt-Liederbach wohnt Edith mit ihren Eltern, während Volkers Familie in Frankfurt-Höchst siedelt. „Gut erkannt, Mummy", sagt Teddy anerkennend. „Aber das finde ich komisch. Einerseits heißt die Stadt Frankfurt, andererseits Liederbach und Höchst. Was nun?" Edith ist tatsächlich manchmal unsicher, was sie sagen soll, wenn sie nach ihrem Wohnort gefragt wird. Teddy ist hingegen im Bild und sagt stolz: „Die Stadt Frankfurt ist eben so groß, dass sie mehrere Vororte mit verschiedenen Namen hat." „Unsere auch?" „Nein. Ein Name genügt, finde ich." „Ich auch", sagt Trampy. Ihm ist das alles sowieso viel zu kompliziert.

Teddy blickt herausfordernd in die Runde. „Damit ist klar, was ich meine. Damit frage ich euch, wie unser Regal…; äh, unsere Stadt heißen soll." Mummy und Trampy hatten sich darüber noch nie Gedanken gemacht und wissen auf die Schnelle keine Antwort. Teddy hatte sich das gedacht und überrumpelt die beiden mit seinem Vorschlag. „Ich finde Entenhausen gut."

So überrumpelt, dass sie das widerstandslos annehmen, sind Mummy und Trampy doch nicht. „Spinnst du? Nur weil du gern die Entengeschichten in der Micky Maus liest, ist das noch lange kein Grund, das alles hier danach zu nennen."

Trampy reagiert etwas weniger heftig, aber auch bei ihm überwiegen die Bedenken. „Wir haben nur zwei Vögel in der Stadt, die sympathische Eule Schuhu und den etwas weniger sympathischen Raben Schwarzhans, aber keine einzige Ente. Wer soll sich als Entenhausener fühlen?" „Ich finde das gerade gut", verteidigt Teddy seine Idee, „wenn wir ein Tier nehmen, das bei uns nicht lebt, fühlt sich auch keins zurückgesetzt."

Mummy hat sich inzwischen etwas beruhigt und versucht, sachlich zu argumentieren. „Das ist nicht ganz dumm, was du sagst, Teddy, aber dann würde ich völlig neutral bleiben. Warum nehmen wir nicht gleich Frankfurt?" „Das ist fantasielos und außerdem besteht dann Verwechslungsgefahr mit dem richtigen Frankfurt, Mummy."

Eine Pause tritt ein, denn Susi serviert Kaffee und Plätzchen. Die Drei sind begeistert. „Wo kommen denn die Plätzchen her,

Susi?" „Die hat Schuhu spendiert. Sie meint, die beruhigen bei eurer Namensfindung." „Was? Woher weiß sie, über was wir hier diskutieren?" Susi sieht den Bürgermeister beinahe mitleidig an. „Das weiß doch jeder, dass du schon lange unserer Stadt einen Namen geben willst. Außerdem weiß jeder, was dabei herauskommen wird."

Teddy blickt Susi streng an. „Sooo? Und was, wenn ich fragen darf?" „Teddyhausen natürlich, was sonst?"

„Was sonst", spricht Teddy fassungslos nach. „Was glaubt ihr eigentlich, warum wir uns hier geheim beraten?" „Damit der Anschein gewahrt ist, dass alle die gleichen Rechte haben."

Jetzt ist Teddy wirklich fassungslos. Er schlägt mit der Faust auf den Tisch. „Von wem sind denn solche Aussagen? Sicher von Perry und Schwarzhans. Als ob wir nicht über alles gemeinsam sprechen und abstimmen würden." Susi ist ein wenig erschrocken über Teddys Ungestüm und weicht einen Schritt zurück. Den Mut zu einer Antwort findet sie dennoch. „Die beiden sind nicht die einzigen. Wir alle glauben, dass ihr über unsere Köpfe hinweg bestimmt und vor allem du, Teddy."

Teddy setzt sich und stützt den Kopf in seine Hände. Beinahe kommen ihm die Tränen. „Wenn das wirklich so ist", sagt er nach einer ganzen Weile, „dann lege ich mein Amt als Bürgermeister nieder. Den Ruf als Diktator möchte ich keinesfalls auf mir sitzen lassen."

Susi wird verlegen. „So habe ich das nicht gemeint, sondern nur, dass du ab und zu auch die anderen fragen solltest und nicht nur Mummy und Trampy. Ich glaube, ich spreche auch im Namen aller anderen, wenn ich dich bitte, Bürgermeister zu bleiben. Wir haben uns auch mit dem Namen Teddyhausen einverstanden erklärt."

Teddy sieht hoch. Seine Augen glitzern noch verräterisch, aber er hat sich wieder gefasst. „Na schön. Auf keinen Fall soll aber die Stadt nach mir heißen. Mummy, Trampy, was sagt ihr?"

Die beiden hatten der Auseinandersetzung zwischen Susi und Teddy schweigend beigewohnt. Jetzt erwachen ihre Lebensgeister wieder und sie reden durcheinander. „So schlecht ist das gar nicht." „Bär wär' gut statt Teddy." „Also Bärenhausen"

49

Teddy bringt mit einer Handbewegung Stadträtin und -schreiber zum Schweigen. „Was ich gerade gehört habe, klingt gut." Er wendet sich an Susi. „Du hast es gehört: Bärenhausen. Jetzt frage ich dich als Bürgerin: Findest du den Namen gut?" Susi muss nicht lange nachdenken. „Bärenhausen finde ich wirklich gut. Wenn ich zu entscheiden hätte...." „Du hast entschieden", bestimmt Teddy, „ab jetzt heißt unsere Stadt Bärenhausen. Und ich spendiere ein großes Tauffest, denn wir werden eine richtige Taufe veranstalten wie bei einem Schiff mit einer Sektflasche, die wir gegen das Rathaus schmettern. Wie findet ihr das?"

Als diese Neuigkeit im neugegründeten Bärenhausen die Runde macht, sind alle aus dem Häuschen – auch Perry und Schwarzhans, denn die Furcht, von essen und trinken ausgeschlossen zu werden wiegt schwerer als das Gefühl, Recht behalten zu haben.

„Das mit der Sektflasche überlegen wir uns fürs nächste Mal", sagt Edith, denn die Eltern ermahnen sie bereits, sich für den Nachhauseweg anzuziehen. „Super", freut sich Volker, „mal sehen, wer von uns die bessere Idee hat."

14. Türchen: Schwarenbach

Die Luftlinienentfernung zwischen Bern und dem Gemmipass beträgt ziemlich genau 60 Kilometer. Gäbe es eine direkte Autobahnverbindung, hätte sie der Bundesstädter in einer guten halben Stunde zurückgelegt. Dem macht das Wildstrubelmassiv, das sich quer zur Fahrtrichtung legt, einen Strich durch die Rechnung. Abigail Kälin und Silvana Luonder hatten zunächst mit einem Intercity 55 Minuten lang nach Visp durch den Lötschbergbasistunnel zu fahren. Von Visp geht es im Regionalzug weitere neun Minuten bis Leuk und dann per Bus 31 Minuten lang bis zum Busterminal des Walliser Kurorts Leukerbad. Nach weiteren zehn Minuten Fußmarsch bis zur Talstation und sechs Minuten Seilbahnfahrt standen die beiden Mädchen endlich auf dem Grat, der auf 2.346 Metern Höhe den Gemmipass bildet.

Die Eltern hatten gefunden, dass die Cousinen mit 14 Jahren reif genug wären, auf eigene Faust auf Wanderschaft zu gehen. Diese Woche waren noch Weihnachtsferien und die nutzten sie, um den 8,7 Kilometer langen Weg vom Gemmipass bis Sunnbüel an einem Werktag zurückzulegen. Sie hofften, an einem Mittwoch nicht in einem Riesenpulk Gleichgesinnter mitgehen zu müssen.

Natürlich war alles verschneit, aber der Hauptpfad wird während des Winters gespurt, wie es in der Schweiz heißt, sodass sogar ohne Schneeschuhe möglich ist, ihn zu begehen. Allerdings empfehlen sich Wanderstöcke, denn es führt immer einmal wieder bergauf und bergab und vor allem bergab gerät ein Wagemutiger ohne weitere Hilfsmittel als seine Schuhe leicht ins Rutschen.

Für halb Elf war der Abmarsch angesagt. Bevor es endgültig losging, sahen sich die beiden Bernerinnen an der Sinfonie und Blau und Weiß satt. Links thront der mächtige Wildstrubel höchstpersönlich und sorgt mit wenigen grauen und braunen Flecken für farbliche Abwechslung, denn einige Abhänge sind zu steil, als dass sich Schnee auf ihnen halten könnte. Wer im Sommer den halblinks abzweigenden Pfad wählt, ist neun Gehstunden später im bekannten Ferienort Adelboden. Der ist im Winter allerdings genauso wie der Aufstieg von Leukerbad zum Pass gesperrt. Rechts geben die weniger markanten Erhebungen wie Torrenthorn, Majinghorn, Rinderhorn und Balmhorn dem Blick Halt. Die glatte Fläche, die sich von der Gemmi links unten 1½ Kilometer weit erstreckt, nennt sich Daubensee, der im Januar natürlich zugefroren ist.

Abigail und Silvana zogen wohlgemut los. Wie erwartet fanden sie sich beinahe allein unterwegs. „Im Sommer gehen wir mal zu Fuß hier hoch", verkündete Abigail in ihrem gewohnten Überschwang. „Ich bin dabei", erwiderte Silvana lächelnd, „aber denk' dran: Es sind gut tausend Höhenmeter und nach anfänglich erträglicher Steigung verläuft das letzte Drittel mit 45%igem Drang nach oben." „Tausend Meter bedeuten immer drei Stunden", sinnierte Abigail statt einer Antwort, „egal, ob es lang und flach oder kurz und steil geht."

Silvana wusste, dass das stimmt, und stapfte schweigend weiter. Die Mädchen hatten sich der Jahreszeit entsprechend in schützende Funktionskleidung geworfen und nun wurde ihnen so warm, dass sie ins Schwitzen gerieten. Die völlige Windstille in Verbindung mit der intensiven Sonneneinstrahlung ließ sie bedauern, dass sie keine Bikinis als Unterwäsche gewählt hatten. Die Gefahr des Frierens bestand trotz minus drei Grad nicht – allenfalls die von Verbrennungen ihrer ausgebleichten Januarhaut.

„Ich hatte nicht geplant, unsere Klamotten unter dem Arm zu schleppen", maulte Abigail. Silvana zuckte mit den Schultern. Sie hatte ihren Anorak um die Hüfte geknotet. Plötzlich blieb sie stehen. „Psst!" „Was ist?" „Da bewegt sich 'was." Rechts von ihnen erhob sich ein mannshoher Felsen, der auch als Findling durchginge, und dahinter erklangen leise Geräusche wie von flatternden Flügeln. Dann lugte ein weißer Kopf hervor, betrachtete misstrauisch den Pfad, auf dem immer wieder Menschen zu stören drohten, und entschloss sich schließlich doch, mit seiner Gruppe den Übergang zu wagen. Vier Alpenschneehühner trippelten in geringem Abstand an den Mädchen vorbei, die sich mucksmäuschenstill verhielten. Dabei blieben sie vorerst, auch als die Tiere die sichere andere Seite erreicht hatten und bald im Weiß ihrer Umgebung untergingen.

„Letztjährige", flüsterte Silvana. „Tolles Erlebnis." Abigail wagte ebenfalls noch nicht laut zu sprechen. Langsam setzten sich beide wieder in Bewegung. Nach einer Weile passierten sie den Grenzstein zwischen den Kantonen Wallis und Bern. „Wir sind wieder zu Hause", jubelte Abigail. „Da haben uns die Walliser damals ganz schön über den Tisch gezogen", knurrte Silvana. Mit ‚uns' meinte sie ihre bernischen Vorfahren, die es nicht geschafft hatten, nach Süden bis zum Gemmipass vorzudringen. Ein gewisses Maß an Lokalpatriotismus findet auch bei jüngeren Eidgenossinnen und natürlich -genossen widerspruchslos Anklang.

Schon von weitem hob sich aus der weißen Masse ein dunkler Punkt ab, der sich beim Näherkommen als das Gasthaus Schwarenbach entpuppte. Das teilt den Wanderweg in zwei Hälften und lädt zur Rast ein, eine Einladung, der auch Abigail und Silvana zu widerstehen keinen Anlass sahen. Zu diesem Zweck hatten ihnen ihre Eltern ein bisschen Geld mitgegeben.

„Grüessech", wurden sie in heimischem Dialekt empfangen und vergalten es im selben Tonfall. Es standen genügend Sitzplätze im Freien zur Verfügung und die Speisekarte bot allerlei Verlockungen. Nach einer Weile war die Wahl getroffen: „Zwei Mineralwasser, zweimal heiße Schoggi und zweimal Bratwurst mit Rösti und Zwiebelsoße." Hierzu sei angemerkt, dass Bratwurst in der deutschsprachigen Schweiz stets Kalbsbratwurst meint – vom Schwein wäre Buurebratwurscht.

Nach ihrer Mittagsmahlzeit setzte sich der Wirt zu den Mädchen. „Wisst ihr, dass wir nicht nur zu den ältesten Gasthäusern in den Alpen zählen, sondern auch in die Literatur Eingang gefunden haben?" „Bei Friedrich Dürrenmatt?" „Nein, sehr viel früher. Sagt euch der französische Schriftsteller Guy de Maupassant etwas?" „Ja." „Lest ihr den in Französisch?" „Nein, der wäre nur etwas für Erwachsene und für Mädchen schon gar nichts, meint unsere Lehrerin." „Die Geschichte, die von der Schwarenbachhütte handelt, ist jugendfrei. Ihr Titel lautet ‚L' Auberge', zu Deutsch ‚Das Wirtshaus' und wurde im September 1886 geschrieben."

Der Wirt holte aus. „Damals gab es keinen Winterbetrieb und die Hütte wurde verlassen. Nur ein Wärter mit Hund und Jagd-

53

gewehr blieb als Wache. In einem Jahr meldete sich der junge Knecht Ulrich freiwillig zur Überwinterung, weil er Luise, der Tochter des Hauses imponieren wollte und hoffte, sie dank dieser Mutprobe heiraten zu dürfen. Die Monate vergingen in Einsamkeit und eines Tages kehrte der alte Knecht Kaspar mit seinem Hund nicht von der Jagd zurück. Ulrich hatte nichts als Alkohol und als die Wirtsfamilie nach der Schneeschmelze zurückkehrte, fand sie den jungen Ulrich als Geistesgestörten wieder."

„Die Geschichte mag jugendfrei sein, aber sie ist sehr traurig." Abigail wären beinahe die Tränen gekommen. „Ist sie denn wahr?" „Zum Glück erfunden. Allerdings waren schon viele Prominente hier, unter anderem Mark Twain und Picasso, um sich den Schauplatz anzusehen."

Die Schwarenbachhütte befindet sich in 2.061 Metern Höhe und bis zur Bergstation Sunnbüel hatten Abigail und Silvana weitere 127 Meter abwärts vorzustoßen. Es war aber nicht das Gefälle, das sie veranlasst hatte, von Süden nach Norden zu wandern, sondern der Umstand, dass sie die Sonne in diese Richtung stets im Rücken behielten.

Auch die Bergstation Sunnbüel bietet eine Restauration, aber die brauchten die Mädchen nicht mehr. Sie klappten ihre Stöcke zusammen, fuhren mit der nächsten Seilbahn ins Tal hinunter und nahmen die fünf Kilometer nach Kandersteg zu Fuß in Angriff. Zwar verbindet ein privater Pendelbus die Talstation mit dem Bahnhof, aber die zwei Franken pro Person sparten sie sich. Die Fahrstraße war schwarz geräumt und sie schritten darauf aus, als bekämen sie jede Minute bezahlt, die sie früher am Ziel ankamen. Schwarz geräumt bedeutet, dass das Schwarze des Asphalts die Oberfläche bildet, das heißt dieser völlig vom Schnee befreit ist.

Der ‚Lötschberger'-Triebwagen fährt stündlich und braucht bis Bern 66 Minuten. Nach einem gelungenen Ausflug saßen Abigail und Silvana pünktlich zum Nachtessen wieder im Kreis ihrer Familien und erzählten aufgeregt von Schneehühnern, Guy de Maupassant, Mark Twain und Pablo Picasso.

15. Türchen: Die gute Fee

Giselher war ein Junge, der in der schwierigen Zeit zwischen Kind und Erwachsenem steckte. Einerseits spielte er immer noch gern mit Autos, andererseits keimte in ihm die Erkenntnis, dass die bisher als unnütz betrachteten Mädchen recht hübsche Geschöpfe sind. Natürlich gab es Unterschiede. Besonders gefiel Giselher eine, die drei Häuser weiter wohnte und Rosemarie hieß. In der Schule besuchte sie leider die Parallelklasse, sodass ein zwangloses, zufälliges Gespräch nur während der Pausen möglich war oder besser gesagt wäre, denn Rosi war außer bei ihm auch bei weiteren Jungs und natürlich Mädchen beliebt und ständig von beiden Gruppen umringt. Ein Draufgänger hätte dennoch einen Grund gefunden, sich in die Schulhofgespräche zu mischen oder auch ohne Grund in diese hineinzuplatzen, aber Giselher war keiner von dieser Sorte, sondern sehr schüchtern.

So beobachtete er seine Angebetete von Ferne und versuchte, im Gewirr der Stimmen ihre auszumachen. Das gelang ihm ohne weiteres, denn sie hob sich glockenhell von all' den anderen misstönenden – wie es ihm vorkam – ab. Außerhalb der Schulzeiten richtete er es so ein, dass er möglichst häufig an dem Haus vorbeiging, von dem er wusste, dass sie darin wohnte. Auch wenn seine Mutter ihn zum Bäcker schickte, der in entgegengesetzter Richtung seinen Laden hatte, schlug er einen Bogen, der ihn entweder auf dem Hin- oder auf dem Rückweg daran vorbeiführte. Nachdem sich die Mutter zunächst darüber gewundert hatte, dass Giselher plötzlich freudig Einkaufsgänge übernahm, während er früher jedes Mal gemault hatte, wenn ihm ein solcher zugemutet wurde, wunderte sie sich bald darüber, wie lange er für sie brauchte. Er gab jedoch das mitgegebene Geld genau für das aus, das ihm zu kaufen aufgetragen worden war, und den Restbetrag auf Heller und Pfennig zurück.

Mütter entwickeln für gewisse Dinge einen siebten Sinn. Schnell merkte Giselhers, dass ihr Sohn von einer bestimmten Richtung wie von einem Magneten angezogen wurde, und

55

schloss auf den Grund. Da es sinnlos wäre, ihn danach zu fragen, denn er würde sicher nur Ausflüchte angeben, folgte sie ihm einmal vorsichtig und stellte fest, dass er vor einem bestimmten Haus mehrmals auf- und abging und immer wieder Blicke auf ein bestimmtes Fenster warf, bevor er sich zum Weitergehen entschloss. Nun wusste sie, was es zu wissen galt.

Bald hatte sie herausgefunden, dass dort ein Mädchen wohnte, das in Giselhers Parallelklasse ging, und das Rosemarie oder einfach Rosi hieß. Da sie von keinen heiklen Gefühlen belastet war, klingelte sie eines Tages an der bewussten Tür, stellte sich Rosemaries Mutter vor und lud diese zum Nachmittagskaffee ein.

Nicht, dass sich alle Bewohner der Straße privat kannten, aber es grüßten sich immer alle und es herrschte insofern Einvernehmen, als keine gegenseitige Missgunst oder gar Nachbarschaftsprozesse wegen alberner Nichtigkeiten die Verhältnisse trübten. Folglich lösten Kaffee und Schokosahnetorte rasch die Zungen und Giselhers Mutter Lieselotte und Rosemaries Mutter Adelheid nannten sich beim Vornamen.

„Wie macht sich deine Tochter in der Schule?" fragte Lieselotte harmlos, während sie den zweiten Kaffee nachschenkte. „Sehr gut. Und dein Gisi?" „Da er ein Junge ist, neigt er zu einer gewissen Faulheit. Ich sage aber ‚gut', denn er scheint genug Grips zu haben, diese Faulheit niemanden, das heißt seine Lehrerinnen merken zu lassen." „Das ist doch gut." „Finde ich auch, Adelheid. Das sage ich ihm natürlich nicht, aber auch mein Abschlusszeugnis basiert stark auf Tricks und Improvisationstalent." „Da sage ich nochmal gut, Lieselotte. Ich glaube, wenn man dafür talentiert ist, erreicht man im Leben mehr als ein Klassenprimus, der alles stur auswendig lernt."

Lieselotte lächelte. „Demnach gehört deine Rosi in diese Kategorie?" „Leider mehr als mir lieb ist. Ich finde, sie könnte ruhig einmal Mist bauen. Keinen wirklich schlimmen natürlich, aber der Lehrerin Reißnägel auf den Stuhl streuen würde aus ihr keine Verbrecherin machen." Lieselotte atmete auf. Sie hatte den Faden in die Hand bekommen, den es in die Nadel einzufädeln galt. „Du wirst sehen, sobald sie einen Jungen näher kennenlernt, der nicht so brav wie sie ist, wird sie sich ihm anpassen." „Das wäre mir einerseits recht, andererseits nicht. Warum muss sich immer das Mädchen dem Jungen anpassen?" „So meinte ich's nicht. Ich denke eher an gegenseitige Beeinflussung. Sie hilft ihm beim Lernen und er ihr, sich durchzusetzen."

In Adelheid glomm ein Verdacht auf. „Das sagst du doch nicht umsonst auf, Lieselotte?" Die Angesprochene sah ihrer neuen Freundin ins Gesicht. „Du hast's erraten. Hast du bemerkt, dass Rosi umschwärmt wird?" „Hm, ja." Adelheid dämmerte, worauf Lieselotte hinauswollte. „Da ist ein Junge, der immer wieder vor unserem Haus auf- und abtigert." „Und wie findet Rosi das?" „Sie hat jede Menge Freundinnen und Freunde, aber die bedeuten nicht mehr als Zeitvertreib. Ist der Junge etwa...?" „Ja, es ist Gisi. Ich würde ihm gern helfen, aber so mutig er bei Jungenaktivitäten ist, so zurückhaltend ist er, wenn es ums andere Geschlecht geht. Leider muss da jeder für sich allein durch." Jetzt war es Adelheid, die lächelte. „Da hast du Recht. Aber ein bisschen gute Fee spielen ist doch eine eher lässliche Sünde."

Wie bestellt litt Giselher bald darauf unter einem Schnupfen. Er wunderte sich, dass seine Mutter ihm deswegen eine Entschuldigung für die Schule schrieb und ihn sogar veranlasste, sich für einige Zeit ins Bett zu legen; normalerweise neigte sie eher zu der Ansicht, dass ein bisschen triefende Nase kein Grund war, wichtige Unterrichtsstunden zu verpassen. Da er aber nicht einerseits den Kranken spielen und andererseits auf der Straße herumtollen konnte, fügte er sich und kroch unter die Decke. Und wie das so ist, wenn ein Menschenkind die Langeweile plagt, schlief er irgendwann ein.

Er schreckte hoch, denn er fand sich nicht allein. Auf seiner Bettkante saß – sie. „Rosi?" Giselher wagte kaum zu flüstern. „Ja. Bist du so schwach, dass du nicht laut reden kannst?" Er setzte sich aufrecht. „Hm, eigentlich nicht. Ich dachte nur, ich träume." „Nein, du träumst nicht." „Aber...; aber wie kommst du hierher?"

Rosemarie lächelte ihn an. „Es ging dir ganz schlecht und du hast dauernd meinen Namen gerufen. So lief deine Mama zu meiner und fragte, ob ich nicht 'rüberkommen könnte. Vielleicht ginge es dir besser, wenn ich bei dir säße. Und da bin ich."

Giselher war, als bliesen sämtliche Fanfaren des Himmels. „Und du bist gekommen. Heißt das, dass du mich magst?" „Sicher. Schon lange. Schade, dass du mich nie angesprochen hast. Ich redete immer nur mit den anderen, um dich auf mich aufmerksam zu machen. Leider hast du immer getan, als interessiertest du dich nicht für mich."

Giselher setzte sich neben das Mädchen und legte vorsichtig seinen Arm um ihre Taille. „Dabei war das Gegenteil der Fall. Ich hatte nur Angst, von dir zurückgewiesen zu werden." „Da waren wir beide wohl zu stolz, um unsere Gefühle zu zeigen. Das soll aber jetzt vorbei sein."

Als Rosi und Gisi in der Küche fragten, ob ein Stück Kuchen übrig wäre, sah Lieselotte sofort, dass das Gute-Fee-Spielen geglückt war.

16. Türchen: Das Eichhörnchen

Dieses Jahr sollte es wieder einen Weihnachtsbaum geben, nachdem die Eltern voriges Jahr beschlossen hatten, dass es sich zwar um einen schönen Brauch handele, ihm aber nicht jedes Jahr eine junge Tanne zum Opfer fallen müsse – jedes zweite reiche auch.

Das abgesteckte Gebiet, in dem die Bäume eigens zu diesem Zweck gezüchtet werden, bietet in einer Ecke einen Parkplatz und ein wenig entfernt davon das Büdchen, in dem der Pächter die Länge des geschlagenen Stamms misst und an Hand des Ergebnisses den Kaufpreis berechnet. Dahinter erstreckt sich der aufgeforstete Wald, soweit das Auge reicht.

Mama Martha hatte unter dem Hinweis, dass es sich dabei um ‚Männersache' handele, auf das Mitkommen verzichtet, sodass Papa Wolfgang mit geschulterter Axt und der zehnjährige Folkert, der einen leeren Schlitten hinter sich her zog, allein auf den verschneiten Wegen herumirrten, um die ideale Wahl zu treffen. Schön gerade und höchstens zwei Meter hoch war die Vorgabe. „Wäre es nicht besser", schnaufte der bereits ein bisschen erschöpfte Folkert, „wenn es nur einen Baum gäbe? Dann wäre ratz-fatz alles erledigt."

Papa Wolfgang brummte etwas. Die stundenlange Suche galt für ihn als spannendster Teil der Beschaffung. Natürlich waren keine Stunden vergangen, als er anhielt und seinen Sohn fragte: „Was hältst du von dieser?" Sie musterten die ausgesuchte Blautanne, Folkert eher von unten, Wolfgang eher von oben, dessen Augen dank seiner beinahe zwei Meter Lebendgröße mit der Spitze gleichauf lagen. Als zufriedenes Nicken beider Einverständnis signalisierte, setzte Wolfgang die Axt an. „Guck' mal, Papa, winzige Spuren, die zum Stamm führen." Der Angesprochene hielt inne. „Hm, fünf Zehen. Die haben Eichhörnchen. Was mag so ein Tier gesucht haben? Beeren, Nüsse und Eicheln findet es hier nicht." „Vielleicht Samen?" Folkert interessierte sich sehr für Tiere und ihre Lebensweise. Wolfgang hinkte auf diesem Sachgebiet hinter seinem Sohn her. „Das könnte sein." „Es scheint erfolgreich gewesen zu sein. Jedenfalls führen keine Spuren zurück."

Wolfgang überlegte. „Pass' auf. Wir wollen diesen Baum haben. Sollte sich der Eichkater noch drin befinden, wird er beim ersten Axthieb reißaus nehmen." „Gut. Pass' du aber auf, dass du ihm nicht auf den Kopf haust." „Versprochen."

Über Männer, die keine Holzfällerarbeiten gewohnt sind, sich aber trotzdem darin versuchen, gibt es zahllose Witze. Wolfgang war dafür keine Zielscheibe, denn mit wenigen Schlägen hatte er die Tanne erlegt. Mit Folkerts Hilfe bugsierte er sie auf den mitgebrachten Schlitten, legte seine Axt hinzu und zurück ging's zum Eingang. Dort bezahlte er nach Festmeter, lud die Beute in den geliehenen Anhänger und steuerte die heimatliche Wohnung an. Von einem Eichhörnchen hatte keiner der beiden etwas gehört oder gesehen und sie hatten es auch, um bei der Wahrheit zu bleiben, längst vergessen.

Es verblieben einige Tage bis zum Heiligen Abend und im Verlauf dieser Tage geschah Geheimnisvolles. „Heute Nacht hab' ich etwas rascheln hören", sagte Mama Martha beim Frühstückstisch. „Und ich etwas leise fiepen", bestärkte Folkert sie. „Redet keinen Unsinn", behauptete der Papa kopfschüttelnd, „schließlich haben wir keinen Hamster."

Einen Hamster nicht, aber vielleicht eine Maus. „Das Obst ist angefressen und auch die Butter, die ich gestern auf dem Esstisch stehengelassen habe, weisen winzige Zahnspuren auf." Wolfgang runzelte die Stirn. „Hm." Das war sein Lieblingsausdruck, wenn er nicht weiter wusste. Dann keimte in ihm ein Verdacht. „Morgen ist Heiliger Abend. Da schmücken wir den Baum und da werden wir's sehen." „Was hat denn das Baumschmücken mit Mäusezähnchen zu tun?" Martha erkannte den Zusammenhang nicht, denn sie war ja beim Aussuchen und Fällen der Tanne nicht dabei gewesen.

Als Folkert die erste Kugel an einen Ast hängen wollte, erschrak er so heftig, dass er das empfindliche Porzellan beinahe fallengelassen hätte. „Was ist?" fragte Martha, die sich auf der anderen Seite zu schaffen gemacht hatte. „Da ist gerade ein Schatten an mir vorbeigehuscht." „Nur ein Schatten? Das kann alles Mögliche gewesen sein." „Nein. Auch die Zweige haben sich bewegt." „Nun redest du Unsinn – huch!" Mama war so schnell zurück zur Wand gesprungen, dass Folkert ernsthaft

Angst bekam. „Bei dir auch?" „Ich hab's mir zumindest eingebildet."

In diesem Augenblick kehrte Wolfgang in das Wohnzimmer zurück. Er hatte einen weiteren Karton Baumschmuck aus dem Keller geholt und sah seine Frau und seinen Sohn mit gelinder Panik im Gesicht ihn anschauen. „Was ist? Ihr seht aus, als wäre euch Knecht Ruprecht persönlich begegnet." „Der nicht, aber irgendetwas anderes."

Der Mund des Hausherrn bildete ein Lächeln. „Ich glaube, der Augenblick der Wahrheit ist gekommen." „Wie meinst du das?" Wolfgang wandte sich an Folkert. „Erinnerst du dich an die Spuren im Schnee, die zum Baum führen, aber nicht wieder zurück?" „Sicher. Aber was...?"

Folkert hatte eine Erleuchtung. „Du meinst, wir hätten das Eichhörnchen mit nach Hause genommen?" „Ich meine. Das würde nämlich alle Vorkommnisse der vergangenen Tage erklären."

Martha hatte zugehört und verstanden. „Also sollten wir uns auf die Suche nach dem Gast machen?" „Eine direkte Suche wird schwierig. Ich denke, wir schmücken den Baum weiter, als wäre nichts, und warten, was geschieht." „Verängstigen wir es nicht zu sehr?" „Zunächst sicher. Aber ihr wisst doch vom Schlosspark, dass sie nach ein bisschen eingewöhnen aus der Hand futtern. Wenn das Tier merkt, dass ihm keiner etwas tut, lässt es sich vielleicht freiwillig blicken."

Martha, Wolfgang und Folkert schmückten den Baum zu Ende. Als krönenden Abschluss setzte Wolfgang die schimmernde Porzellanspitze auf die grüne natürliche. Sie hatten sich gewundert, dass während des Abschlusses keine Bewegungen oder Geräusche mehr zu sehen oder zu hören gewesen waren, hatten sich aber so auf ihre schöne Aufgabe konzentriert, dass sie weiter kein Aufhebens davon gemacht hatten. Jetzt, nach getaner Arbeit, blickte Folkert zum Esstisch und unterdrückte einen erschrockenen Aufschrei, sodass es bei einem Quietschgeräusch blieb. „Was ist denn?" „Schaut mal."

Auf dem Tisch, beinahe in dessen Mitte, hockte das gesuchte Eichhörnchen auf seinen Hinterpfoten und sah den Menschen bei ihrem merkwürdigen Treiben zu. „Geh' ganz vorsichtig auf

61

ihn zu und versuch' ihn anzufassen", flüsterte Wolfgang. Tatsächlich gelang es Folkert, bis zum Tisch vorzudringen, ohne dass sich das Tier rührte. Erst als der Junge langsam die Hand ausstreckte, wich es zurück, ohne den Abstand zu vergrößern. Folkert versuchte es mit einigen Rosinen in der Hand und überzeugte den neuen Hausgenossen endgültig. Eichi, wie der Familienrat ihn flugs taufte, beugte sich über die Hand, entnahm ihr die Leckerbissen und knabberte sie eilig auf. „Ist das nicht ungewöhnlich, ein wildes Eichhörnchen als Haustier?" Martha hatte Bedenken, weil sie das nicht besonders artgerecht fand. „Es ist seine Entscheidung", beruhigte Wolfgang sie, „wir lassen mehrmals täglich die Balkontür offen. Wenn es 'raus will, kann es das jederzeit tun."

Bleibt zu erwähnen, dass die Geschenke unter dem Tannenbaum, sonst Höhepunkt des Heiligen Abend, heute unter dem Eindruck der lebendigen Überraschung ein wenig verblassten.

17. Türchen: Die Wettfahrt

Wilfried war mit seinen Eltern zu Besuch. Er war ein ebenso begeisterter Lego-Eisenbahner wie Inga und Rudolf und hatte neben seinem Zug auch eine Anzahl gebogene und gerade Gleise mitgebracht. Die Kinder zählten sorgfältig ab, wie viele und welche von Wilfried stammten, obwohl das für die gebogenen nicht nötig gewesen wäre. Endlich gab es sie mit einem größeren Radius, sodass der Bau einer zweigleisigen Strecke möglich war, sofern ein bestimmter Abstand eingehalten wurde. Für diesen Abstand war auch eine Gleisverbindung konstruiert, die entweder aus zwei Links- und zwei Rechtsweichen bestand, damit der Gleiswechsel in beide Richtungen stattfinden konnte, oder direkt aus einer integrierten Vier-Weichen-Kreuzung-Kombination, die aber sehr teuer war und Wilfried deshalb seinen Eltern bisher nicht hatte abringen können.

Wilfrieds blauer Zug bestand aus einer elektrischen Lokomotive mit einem federnden Stromabnehmer auf dem Dach. Sie hatte nur einen Führerstand auf der vorderen Seite, während die hintere mit den Wagen bündig abschloss. Der Zug bestand aus zwei Mittel- und einem Endwagen, der ebenfalls einen Führerstand hatte. Der Zug konnte deshalb ohne Umsetzen in beide Richtungen fahren und war einem Triebwagen ähnlicher als einem lokomotivbespannten Zug.

Weil Rudolfs Dampflok langsamer anfuhr als Ingas Diesellok, aber nach einer gewissen Zeit schneller als sie wurde, hatten die Kinder ihren Papa nach dem Grund gefragt. „Das ist wie bei euren Fahrrädern im ersten und dritten Gang. Fahrt ihr im ersten Gang los, spurtet ihr schnell los, müsst aber bald hochschalten, sonst strampelt ihr euch müde. Startet ihr direkt im dritten Gang, spart ihr das Schalten, kommt aber zu Beginn kaum vom Fleck. Die Dampflok hat wegen ihrer größeren Räder sozusagen nur den dritten Gang, während die Diesellok nur den ersten hat. Daher der Effekt."

Die elektrische Lokomotive war mit dem gleichen Antriebsblock wie die Diesellok ausgerüstet; nur im Aufbau unterschied sie sich von ihr. „Mein Zug ist trotzdem schneller als deiner", behauptete Wilfried. „Das ist Unsinn", konterte Inga, „wenn wir die Antriebsblöcke umtauschen, fahren beide Loks genauso wie vorher, nur hat deine blaue dann einen roten Kern und meine rote einen blauen." „Aber der Triebzug fährt doch viel schneller als ein Güterzug." „In Wirklichkeit ja, aber die Spielzeugloks wissen das doch nicht."

„Macht doch eine Wettfahrt", schlug Rudolf vor, „und ich bin der Schiedsrichter. Damit es besser aussieht, kriegt Inga meinen Schnellzug. Die Wagen sind dann die gleichen wie bei dem Triebzug, nur dass er keinen Steuerwagen und statt des zweiten Personen- einen Gepäckwagen hat." „Steuerwagen?"

„Ach Wilfried", stöhnte Rudolf, der sich sehr für das Eisenbahnwesen interessierte und schon viel darüber gelesen hatte, „du hast wirklich keine Ahnung. Ein Steuerwagen ist ein Wagen mit Führerstand wie der hinterste von deinem Zug. Von ihm aus kann alles genauso gesteuert werden wie von der Lok. Deswegen heißt er so." „Ach so."

Das Ergebnis war merkwürdig. Fuhr Ingas Zug auf dem äußeren Gleis und Wilfrieds auf dem inneren, gewann Wilfrieds. Tauschten die Züge die Gleise, gewann Ingas Diesellok.

Plötzlich sagte Rudolf: „Das ist doch klar. Der innere Kreis hat doch einen viel kürzeren Weg. Der Zug auf dem muss immer gewinnen." „Und was sollten wir machen? Jeden Zug einzeln fahren lassen und auf die Uhr schauen?" „Das ist langweilig, Wilfried", maulte Inga, „das ist doch das Schöne bei einer Wettfahrt, dass beide Teilnehmer nebeneinander herfahren, bis der eine davonzieht." „Aber so geht es nicht."

Wieder hatte Rudolf eine Idee. „Wir bauen die Strecke zu einer Acht um. Dann hat jeder einen äußeren und einen inneren Bogen." „Dazu bräuchten wir vier Kreuzungen", warf Inga ein, „und wir haben nur zwei." Auch Wilfried kam eine Erleuchtung. „Außerdem müssten wir aufpassen. Wenn nicht beide Züge immer nebeneinander herfahren, begegnen sie sich irgendwann auf den Kreuzungen und stoßen zusammen." „Schade." Rudolf wollte bereits aufgeben, als Inga die rettende Idee hatte. „Leute, wir sind doch doof. Wir haben jede Menge Legosteine. Damit können wir eine Auffahrt bauen und auch eine Brücke. Die Züge fahren übereinander her."

64

Rudolf war sofort wieder Feuer und Flamme. „Mit einer Steigung und einem Gefälle wird es viel interessanter." „Wovon redest du?" „Ach Wilfried, wieder keine Ahnung. Steigung heißt, es geht hoch, und Gefälle, es geht 'runter." „Ach so." Das Schönste bei dieser Art des Spielens ist der Aufbau der Strecke und eine Achterbahn hatten die Kinder noch nie gebaut. Sie mussten eine Weile herumprobieren, bis sie feststellten, dass die Kurven zu eng waren, um eine schlanke Figur zu bauen. So bauten sie hinter den Wendekurven nach einer Geraden auf jeder Seite eine Gegenkurve ein, insgesamt also vier, um lange fahren zu können. Zu ihrer Überraschung ging alles auf. Selbst die Gleisverbindungen passten auch bei dieser Streckenführung wie von Zauberhand.

„ich glaube, das liegt an der Symmetrie", sinnierte Rudolf. „An was?" „Ach Wilfried. Daran, dass die beiden Seiten gleichgebaut sind." „Ach so."

Dann starteten Inga und Wilfried ihre Wettfahrt. Zunächst stellten sie fest, dass die Züge bergab zu schnell wurden die Lokführer über ihre Smartphones die Geschwindigkeit etwas zurückregeln mussten, sonst kippte alles aus den Gleisen. Als sie das im Griff hatten, starteten sie von Neuem.

Die Geschwindigkeiten beider Züge unterschieden sich kaum und der gewann einen Vorsprung, der in der Kurve am Ende der Abfahrt am mutigsten war. Beide wussten allerdings, über welche Reglerstellung sie nicht gehen durften.

„Das ist unfair", beschwerte sich Wilfried, „ich habe nach der Bergabfahrt die engere Kurve und muss auf langsamer drehen als Inga." Inga war zur Fairness bereit. „Dann tauschen wir die Gleise." Beim Wechsel fuhr Wilfried ein Stück rückwärts und sagte: „Ich meine, mein Zug fährt rückwärts schneller." „Wollen wir anders herum fahren?" „Warum nicht?"

Bei einer Spielzeugeisenbahn geschehen Rangiermanöver im Notfall rasch. Inga nahm ihre Lok vom Gleis und setzte sie an der anderen Seite wieder vor ihren Zug. Dann fuhren sie los. Während jetzt Wilfrieds Triebwagen davonbrauste, dass es ihn sogar auf dem ebenen Anlagenteil fast aus der Kurve getragen hätte, schlich Ingas rot-grüne Komposition hoffnungslos hinterher. „Also sowas."

65

Bald hatten sie es heraus. Der blaue Triebzug fuhr rückwärts erheblich schneller als vorwärts, während es bei der Diesellok genau anders herum war. Obwohl es bei ihr technisch kein vorwärts und rückwärts gab, deutete der längere Vorbau an, dass dessen Seite als vorn galt.

„Nun, Herr Schiedsrichter?" fragte Wilfried herausfordernd. Rudolf hätte gern seiner Schwester die Goldmedaille verliehen, aber das wäre nicht gerechtfertigt gewesen. „Vorwärts unentschieden, aber rückwärts klarer Sieger der blaue Express", rang er sich deshalb zu sagen ab.

„Wisst ihr was?" schlug Wilfried versöhnlich vor. „Da wir eine Steigung haben, probieren wir aus, welche Lok die stärkste ist." Endlich triumphierte Inga. Ihre Diesellok schaffte alle neun Wagen bergauf, erstaunlicherweise wiederum nur rückwärts. Wilfrieds eleganter Triebkopf scheiterte dagegen vollständig. Auch Rudolfs schwerfällige Dampflok brauchte entweder Ingas oder Wilfrieds Vorspann.

Dann geschah das, das dem schönsten Spielen den Garaus macht. Die beiden Elternpaare riefen zum Abendbrot.

66

18. Türchen: Das Sportfest

Trixie Sommersbergs Entschluss, nur noch in Notfällen zu zaubern, liegt ein halbes Jahr zurück und sie hat sich daran gehalten. Um nicht ganz aus der Übung zu kommen, setzt sie ab und zu ein Möbel in eine andere Ecke ihres Zimmers und wieder zurück, damit sich niemand wundert. Ihre Schulaufsätze schreibt sie brav selbst.

Nun neigt sich das Schuljahr dem Ende zu und kurz vor den Sommerferien steht das große Schulsportfest an. Das wird richtig toll aufgezogen mit Siegertreppchen und Medaillen, aber natürlich keinen goldenen. Trixie ist von Natur aus groß und kräftig und braucht sich nicht sonderlich anzustrengen, um im Sport vorn mit dabei zu sein. „Diesmal schlage ich dich", verkündet Sonja großspurig, denn beide haben sich für den Tausendmeterlauf gemeldet. Nun ist Sonja Trixies beste Freundin, aber im Wettkampf sind sie Gegnerinnen. Sonja ist etwas kleiner als Trixie und dadurch benachteiligt, gleicht diesen Nachteil aber durch eisernes Training aus, denn sie ist ehrgeizig. Meistens gewinnt sie auch, was Trixie zu ihrer Enttäuschung mit einem Schulterzucken abtut, denn dieser ist das nicht so wichtig.

Diesmal steigern sich beide jedoch in einen verbalen Schlagabtausch, der dem des bevorstehenden sportlichen Ereignisses nicht nachsteht. „Pah", sagt Trixie gerade, „wenn ich will, überrunde ich dich." Sonja lacht laut heraus. „Wie willst du das denn bei 2½ Runden schaffen?" „Ich brauche doch nur...." Im letzten Augenblick fällt Trixie ein, dass ihre Zauberkräfte geheim sind und es außerdem unfair wäre, sie für die Leichtathletik einzusetzen. „...meine langen Beine mal richtig zu fordern", fährt sie deshalb harmlos fort. „Die nützen dir auch nichts, wenn dir nach 800 Metern die Puste ausgeht."

Während der letzten Minuten vor dem Beginn des Wettkampfs schweigen beide, denn sie wissen, dass mit dem Atem – der ‚Puste' – zu haushalten gilt. „Achtung – fertig – los", heißt es denn auch bald, die Platzpatrone knallt und das Feld spurtet los. Nicht mit voller Kraft wie beim Hundertmeterlauf, aber zu Beginn einen Vorsprung herauszuarbeiten ist ganz praktisch, denn dann kann die Athletin in der ersten Kurve auf die etwas kürzere Innenbahn wechseln. Trixie gibt, was sie kann, aber Sonja ist vorneweg und schwenkt bereits auf die Innenbahn ein. Verausgab' dich ruhig, denkt Trixie, spätestens in der zweiten Runde krieg' ich dich ein. Die anderen Läuferinnen spielen keine Rolle, das sieht sie bei einem verstohlenen Blick aus dem Augenwinkel.

Die erste Runde ist geschafft und Trixie wartet darauf, dass Sonja allmählich ermüdet. Das scheint aber nicht der Fall zu sein, denn noch immer läuft die Freundin und jetzige Gegnerin vorneweg und denkt nicht daran, erschöpft zu wirken. Hab' ich doch ein bisschen nachlässig trainiert, denkt Trixie reumütig, aber jetzt ist es zu spät. Ich muss halt aus mir 'rausholen was geht. Oder…? Es ist der Augenblick, in dem der Versucher zum ersten Mal an sie herantritt. Sie bräuchte sich bloß zu konzentrieren und flöge dank ihrer Zauberkraft an Sonja vorbei wie an einer übergewichtigen Greisin.

Nein, schimpft sie sich, das tust du nicht! Verzweifelt erkennt sie, dass Sonja ihren Abstand vergrößert, denn nicht diese ist es, der die Puste auszugehen droht, sondern sie selbst. Sie unterdrückt ein Keuchen und versucht sich über ihre Schwäche hinwegzusetzen. Einen Stich in der Seite schafft sie wegzustecken und weitere Muskelkräfte zu wecken. Zu ihrer Freude sieht sie, dass sich der Abstand zu Sonja verringert. Doch als hätte Sonja das gespürt, beschleunigt auch diese und stellt die vorherigen Verhältnisse wieder her.

Trixie steht kurz davor, Böses über ihre Freundin zu denken. Dann naht der Versucher zum zweiten Mal. Du brauchst, flüstert er hinterhältig, doch gar nicht selbst die Schnellste zu sein. Sonja könnte doch stolpern…. Da kommt Trixie wieder zu sich und versetzt der Stimme eine Art Boxhieb. Das, denkt sie, kommt überhaupt nicht in Frage.

So ehrenwert die Abwehr der Versuchung ist, hat sie nichtsdestoweniger Kraft und Konzentration gekostet. Sonja hat nun sicher 50 Meter Vorsprung erzielt. Die zweite Runde ist überwunden, noch ein Halbrund und dann die Zielgerade. Nicht mehr viel Platz und Zeit!

Trixie beißt die Zähne zusammen und beginnt bereits mit dem Endspurt, denn wenn sie damit bis zu den letzten hundert Metern wartet, hat sie keine Chance mehr – sie müsste doppelt so schnell laufen wie Sonja und das ist ohne.... Nein, schreit es in Trixie, ehrlich oder gar nicht!

Sie holt unglaubliche natürliche Kräfte aus sich heraus. Sie spürt und denkt nichts mehr, sieht nur noch Sonja vor sich und rennt, wie sie nie zuvor gerannt ist. Tatsächlich nähert sie sich ihrer Gegnerin, denn Sonja scheint über keine Reserven mehr zu verfügen. Der Abstand verringert sich mit jedem Meter und auf der Tribüne wird bei der Frage, was zuerst kommt, der Überholvorgang oder die Ziellinie, schier die Luft angehalten.

Da! Einen Sekundenbruchteil vor Trixie durchbricht Sonja die Lichtschranke, die das Ende des Wettkampfs markiert. Sie hat das Rennen in Rekordzeit gewonnen.

Beide Mädchen schaffen es unter tosendem Beifall mit einiger Not, die Bahn zu verlassen, um den anderen Teilnehmerinnen nicht im Weg zu sein, und fallen keuchend zu Boden. Die Sportlehrerinnen, aber auch Sanitäter kommen herbeigelaufen, um festzustellen, ob sich die beiden bei ihrer Hetzjagd keine Kreislaufprobleme eingehandelt haben. Sie hatten kurz davor gestanden, aber nach einer Weile bangen Wartens beginnen sie sich zu erholen.

„Du warst großartig", schnauft Trixie. „Und du erst!" lobt Sonja. „Ich hätte nie diese Leistung gebracht, wenn du mich nicht so gejagt hättest. Ich hätte nicht geglaubt, dass du am Schluss so viele Reserven mobilisieren würdest." „Soll ich dir etwas verraten? Ich auch nicht!" „Das heißt, meine Liebe, dass du jetzt eine richtige Sportlerin bist."

Als Trixie auf dem Treppchen unter Sonja steht und die symbolische Silbermedaille in Empfang nimmt, platzt sie beinahe vor Stolz. Siehst du, sagt sie zu ihrem Versucher, es ging auch ohne dich. Sie überlegt. Hätte sie das Rennen mit Hilfe ihrer Zauberkräfte gewonnen, wäre sie nicht im Mindesten stolz darauf.

Da Trixies und Sonjas Klasse auch die Gesamtwertung gewann, richtet sie am Abend eine kleine Feier aus. Trixie findet die Dekoration im Partyraum wenig glanzvoll und zaubert noch ein bisschen Glitzerkram hinzu, als sie sich einige Minuten allein darin findet. Nachdem alle zum Imbiss versammelt sind, taucht die Frage auf, woher die tolle Ausstattung kommt. „Trixie, das warst bestimmt du", wird diese verdächtigt, „als ob du zaubern könntest." „Unsinn", wiegelt Trixie bescheiden ab, „ihr wisst doch, dass ich einen Onkel habe, der so ein Geschäft betreibt. Dem sehe ich ab und zu über die Schulter. Ihr ahnt gar nicht, mit wie wenig Mitteln man eine tolle Deko hinkriegt."

Ich hatte mir ja vorgenommen, sagt sie zu sich, nur in Notfällen zu zaubern. Und das war jetzt wirklich einer.

19. Türchen: Eine Primel auf Wanderschaft

Die Blume stand allein auf einer Wiese und weil das so war, fühlte sie sich einsam. Es handelte sich um ein Exemplar der Primel oder Schlüsselblume, was ein bisschen schöner klingt. Auch ihre leuchtend gelben Blüten trösteten sie nicht. Warum, fragte sie sich, sind wir Pflanzen nur so hilflos allem ausgesetzt, ohne uns wehren zu können? Alle Tiere haben die Fähigkeit, sich zu bewegen und ihren Standort zu wechseln, wenn es ihnen dort nicht gefällt, wohin es sie verschlagen hat. „Warum bist du so unglücklich?" fragten die Wiesenhalme, die sie umgaben. „Uns geht es auch nicht anders als dir und wir sind zufrieden." „Ihr habt ja auch Kameradschaft, soweit das Auge reicht." „Reicht dir das nicht?" „Mir fehlen Gleichgesinnte, Artgenossinnen. Außerdem stehe ich in der prallen Sonne und das gefällt mir nicht." „Du blühst und gedeihst doch wunderbar und die Bienen lieben dich. Sie haben bestimmt dafür gesorgt, dass du im weiten Umkreis bereits zahlreiche Kinder hast."

So nett die Worte gemeint waren, so wenig trösteten sie die Primel. Sie zog an ihren Wurzeln und siehe da, sie spürte, dass sie sich lockerten. „Tu' das nicht", warnte die Wiese sie, „wenn du nicht mehr in der Erde wurzelst, vertrocknest du."

„Das werden wir ja sehen", entgegnete die Blume trotzig und zog weiter. Plötzlich merkte sie, dass sie im Boden keinen Halt mehr fand. Eine Pflanze ist nicht gewohnt, frei zu stehen oder zu gehen; deswegen schwankte sie ganz schön im Wind, der zum Glück recht sanft wehte. „He, was machst du da?" empörte er sich. „Soll ich dich umblasen?" „Bitte nicht", flehte die Primel, „ich muss doch erst gehen üben."

Jetzt mischte sich auch noch die Sonne in die Unterhaltung. „Du weißt, dass sich nicht ziemt, was du da machst?" knurrte sie von oben herunter. „Warum eigentlich nicht?" „Weil, äh, weil...." Die Sonne sah sich zuzugeben gezwungen, dass sie auf diese einfache Frage keine Antwort wusste. Schließlich fiel ihr doch eine ein, aber eine schwache. „Weil das noch keine Pflanze getan hat." „Bist du sicher?"

Die Sonne schwieg endgültig, denn sie war sich tatsächlich nicht sicher. Der Wind fühlte einen leisen Triumph, denn ob

71

und wie stark und wohin er bläst, hängt von ihr und ihren Launen ab. Deswegen sagte er zu aller Überraschung plötzlich großzügig: „Na, dann wander' mal los, kleine Blume, und schau', wo du dein Glück findest. Ich werde schweigen, solange du unterwegs bist."

Die Angesprochene lachte und freute sich. „Danke, lieber Wind, ich werde mich beeilen." Rasch brach sie auf, zunächst unsicher und schwankend, dann immer standfester.

Es stellte sich heraus, dass das mit dem Finden einer tollen Stelle gar nicht so einfach war, denn hinter der Wiese wartete zunächst eine Asphaltstraße, die unter Lebensgefahr überquert werden musste.

Der Wind, der seine Beschützerrolle zu genießen begann, erklärte: „Die Menschen bauen alles zu, mit Asphalt, Beton oder wenigstens mit Schotter. Es gibt innerhalb einer Stadt nur noch wenige Stellen, wo sich die Natur über eine größere Fläche ausbreiten kann." Und er pustete das Pflänzchen in einen Garten, wo es hinfiel und liegenblieb. „Das wollte ich nicht", bedauerte der Wind, „kannst du aufstehen?" „Ich werde es versuchen."

Nun war es an der Sonne, Mitleid mit dem armen Wesen zu bekommen, das sich hilflos hin- und herrollte. „Warte", ermunterte sie es, „jetzt spannen der Wind und ich zusammen und wir werden es schaffen, dich wieder aufzurichten." „Das wäre schön", sagte die Blume, die den Tränen nahe war. Gesagt, getan. Die Sonne zog und der Wind drückte und siehe da, plötzlich stand ihr gemeinsamer Schützling wieder aufrecht.

„Gefällt's dir hier?" „Besser, aber ich bin furchtbar erschöpft und durstig. Wenn ich nicht bald zu trinken bekomme, werde ich eingehen." „Du hast doch deine Wurzeln aus dem Boden ziehen können. Sie sind kräftig und du wirst es schaffen, sie zumindest wieder so tief in ihn hineinzustoßen, dass du genug Wasser für deine weitere Wanderschaft ansaugst."

Die Primel stocherte und drückte und nach einer Weile spürte sie, wie sich erfrischendes Nass in ihren Stengel drückte. Sie wusste nicht, wem sie danken sollte, denn ob der Ratschlag vom Wind oder von der Sonne gekommen war, hatte sie gar nicht unterschieden.

Die Sonne meldete sich wieder. „Ich muss gleich untergehen. Während der Nacht bleibst du am besten da, wo du bist, und mein Kollege, der Mond, wird über dich wachen. Morgen sehen wir weiter."

Nach einer kühlen, erfrischenden Nacht erwachte die Primel, indem sie ihre Blütenblätter entfaltete, und streckte sich so gut es ging. Am liebsten wäre sie gleich wieder losgezogen, aber von gestern wusste sie, dass das ohne Unterstützung schwierig würde.

Sie sah sich um. Sie hatte keine Wiese um sich, sondern stand auf lehmiger, feuchter Erde. Das war wohl ihr Glück gewesen, denn dadurch war sie schnell genug auf Wasser gestoßen. Das war zwar ein Vorteil, aber wirklich schön fand sie es hier nicht.

„Wind?" flüsterte sie ins Blaue. „Ja?" meldete er sich zu ihrer Erleichterung. „Wo bin ich? Ich wäre gern wieder im Grünen." „Du bist in einem Garten, der von seiner Besitzerin liebevoll gepflegt und gegossen wird. Ein paar Meter weiter und du triffst auf Artgenossinnen. Ich wehe ganz sanft in die Richtung, in der du sie findest."

Allzu tief hatte die Primel ihre Wurzeln nicht ins Erdreich gegraben und bald hatte sie sich wieder befreit. Einmal erschrak sie heftig, aber die tiefe Stimme gehörte der Sonne, die ihr freundlich „guten Morgen" gewünscht hatte.

Nach einer Wanderung, die sich nicht länger als bis zum Mittag hinzog, sah die Blume einen bunten Strauß, in dem sie andere Primeln erkannte. Außer ihnen standen Gänseblümchen auf der Wiese und alle schienen sprachlos wegen der Erscheinung zu sein, die da auf sie zuschritt. „Was bist du denn, eine Blume, die gehen kann?" scholl es ihr vielstimmig entgegen. „Ja, aber nicht mehr lange. Ich möchte wieder Wurzeln schlagen und so sein wie jede andere Pflanze. Wisst ihr, das Gehen strengt fürchterlich an."

„Dann komm' zu uns", forderten die anderen Primeln sie auf. „Gern. Aber was habt ihr alles für tolle Farben? Ich dachte, wir wären gelb." „Gelb sind die Hiesigen, aber unsere Gärtnerin hat welche aus dem Alpenraum beschafft. Die sind rot, lila und blau."

73

Es war anstrengender als gestern Abend, wieder ins Erdreich einzudringen, aber nach einer Weile hatte die gelbe Primel es geschafft. Den Rest würde ihr weiterer Lebensweg besorgen. „Gerade rechtzeitig", raunte eine ihrer Kolleginnen ihr zu. „Warum?" „Sieh' dort!"

Die Gärtnerin kam mit einer Gießkanne in der Hand, um ihre geliebten Blumen mit Wasser und Nährstoffen zu versorgen. Dass eine mehr als gestern und dazu eine andersfarbige dabei war, fiel ihr bei aller Verbundenheit zu ihnen nicht auf.

20. Türchen: Weltraumbescherung

Dieses Jahr bestand während der Weihnachtsfeiertage die Besatzung der internationalen Raumstation aus Verona, Boris und Wendelin. Das Fest nahm einen geringen Raum ihres Denkens ein, denn die ungewöhnlichen Umstände ihres Aufenthalts zusammen mit den geplanten Versuchen bestimmten ihren Alltag.

In der Umlaufbahn um die Erdkugel heben sich nämlich das, was der Normalbürger als Schwerkraft kennt, und die Kraft auf, die nach außen zerrt, wenn jemand an einem Seil schnell eine schwere Kugel um sich schleudert. Die Folge ist, dass die Insassen der Station nichts wiegen und herumschweben, wenn sie sich nicht festhalten oder -binden.

Diese Erfahrung kann auf dem Boden niemand nachahmen oder höchstens für wenige Sekunden, wenn er sich in einem Jahrmarktsturm dem freien Fall aussetzt oder an einem Fallschirm, bevor dieser sich öffnet. Folglich nutzt die Wissenschaft den Zustand der dauerhaften Schwerelosigkeit, wie sie offiziell heißt, zu allerlei Experimenten. Dazu gehören auch, wie Pflanzen und Tiere auf diese unnatürliche Umgebung reagieren.

Obwohl die Bezeichnung im Weltraum sinnlos ist, wird der Rhythmus auf der Raumstation wie zu Hause von Tag und Nacht bestimmt, denn der Mensch braucht Ruhezeiten, die durch Löschen des Lichts symbolisiert wird. In der Nacht vor dem Heiligen Abend lagen die Drei festgeschnallt in ihren Kojen und konnten nicht einschlafen.

„Morgen werden aus unseren Heimatländern und auch aus allen anderen wie immer Glückwünsche über uns hereinbrechen", sagte Verona leise ins Dunkel. „Du hörst dich traurig an", stellte Boris fest. „Ein bisschen bin ich's auch. Klar denken da unten alle an uns, aber irgendwie ist's hier trotzdem einsam." „Sag' bloß, du möchtest einen Tannenbaum", gab Wendelin von sich. Seine Worte klangen überheblich. „Und wenn schon. Was wäre dabei?" In Verona war leichte Streitlust erwacht. Wendelin merkte nicht, dass er besser schweigen würde, und stichelte weiter: „Mit Geschenken drunter?!" Boris wies seinen Kameraden zurecht. „Jetzt lass' aber gut sein, Wendi. Was

75

schadet ein bisschen träumen?" „Schon gut", knurrte Wendelin und tat, als wäre er sofort nach diesem Wortwechsel eingeschlafen. „Ein Tannenbaum mit Geschenken drunter; ja, das wär's", flüsterte Verona, „aber hier hört mich ja keiner." Wirklich nicht? Weit, weit draußen sahen sich Zwei mit Verschwörermiene an und nickten sich entschlossen zu.

Der Heilige Abend kam und mit ihm die üblichen Arbeiten, aber auch ein von der Bodenstation genehmigtes Festmahl, das nicht nur aus Trockenvorräten bestand. Die sparsam bestückte Tiefkühltruhe gab zarte Rinderfilets, Trüffelpasteten, holländische Soße, echte Butter und Spargel zum Verzehr frei und Verona duldete nicht, dass sich die Männer in ihrer Küche zu schaffen machten. Die drangvolle Enge früherer Raumkapseln war mittlerweile zwar einer gewissen Bewegungsfreiheit und einem beachtlichen Komfort gewichen, aber Verona hatte dennoch damit zu kämpfen, dass ihr alles davonschwebte, was sie nicht auf dem Herd arretierte. Monatelange Übung ließ sie jedoch diese Klippe meistern.

Eine Flasche edlen Weins war zusätzlich genehmigt worden. Den mussten sich die Astronauten allerdings unstandesgemäß aus einem Becher mit Druckvorrichtung in den Mund spritzen, denn natürlich kann man in der Schwerelosigkeit Flüssigkeiten nicht einfach eingießen. Das Anstoßen mit dem Plastik klang nicht so gut wie mit geschliffenen Gläsern, aber in den Ohren der weihnachtlich gestimmten Besatzung nichtsdestoweniger wie Himmelsmusik. Selbst der unromantische Wendelin sang irgendwann die Weihnachtslieder aus voller Kehle mit.

Andächtig gestimmt krabbelten die Drei unter ihre Decken und Gurte. „Denkst du immer noch an einen Weihnachtsbaum mit Geschenkpaketen drunter?" fragte Wendelin. „Ja. Was kosten Träume?" „Schon gut", brummte Wendelin viel sanfter als tags zuvor und war diesmal tatsächlich unmittelbar darauf eingeschlafen.

Verona, Boris und Wendelin schlummerten ihrer Aussage nach traumlos in den Weihnachtstag hinein, für den aus diesem Anlass kein Wecken vorgesehen war. In Unkenntnis des Anlasses schaltete sich das vorprogrammierte Licht zu der Zeit ein, die als sieben Uhr morgens festgelegt war.

76

Der Wein war ungewohnt gewesen und es war Acht, als Verona wie von einer Ahnung getrieben als Erste die Augen aufschlug. Zunächst räkelte sie sich ein bisschen, denn richtig Lust zum Aufstehen hatte sie noch nicht. Dann gestatte sie durch einen Schlitz zwischen ihren Lidern einem bisschen Licht das Eindringen. Was war das? Irgendwie sah es anders aus als sonst, heller, bunter, glitzernder. Sie öffnete die Augen gänzlich. Mit einem Ruck fuhr sie hoch, das heißt, sie wollte es, aber die Gurte hinderten sie daran. Schnell löste sie diese und drückte sich vom Bett sanft ab, damit sie in die Richtung des Wunders schwebte. Denn nichts sonst als ein Wunder war es, was sie zu Gesicht bekommen hatte.

„Wendi, Boris", hauchte sie. Der Hauch drang zu ihren Kameraden wie ein Fanfarenstoß – als hätten sie auf das Zeichen gewartet. Schlagartig waren sie glockenwach und fragten wie aus einem Mund: „Was ist, Verona?" „Seht mal."

Dann waren auch die Männer losgeschnallt und erblickten den geschmückten Tannenbaum, unter dem drei Pakete befestigt waren, die in Rot, Grün und Blau darauf hinwiesen, für wen sie gedacht waren, denn sie zeigten die Lieblingsfarben von Verona, Boris und Wendelin.

Zunächst starrten die Drei darauf und wagten nicht, sich der Gaben anzunehmen, aus Furcht, bei der ersten Berührung würden sie sich in Luft auflösen. Irgendwann gelang es ihnen, sich aus dem Zauberbann zu lösen und sie begannen, die goldenen Fäden zu lösen. Sie bemühten sich, das Verpackungsmaterial unbeschädigt zu lassen, und es dauerte entsprechend lange, bis sie ihre Geschenke in den Händen hielten. Dann war die Freude umso größer.

„Eine wunderschöne Puppe', strahlte Verona, „die wird unser Glücksbringer und dafür sorgen, dass wir alle wieder gesund zurück zur Erde kommen. Ich nenne sie Cosima."

Boris brachte kein Wort heraus, sondern brach in Tränen aus, die in der Umlaufbahn zum Glück nicht auf sein Geschenk tropften – ein wunderschönes Selbstbildnis, das Svenja für ihren Papa am Himmel gemalt hatte.

77

Umso lautstärker jubilierte Wendelin. „Eine historische Modelllokomotive. Die suche ich seit Jahren auf allen Tauschbörsen und habe nie ein Exemplar gefunden. Die hier sieht aus wie gerade produziert." In die Freude mischte sich nach einer Weile Unbehagen und die Drei sahen sich an. „Wem haben wir das zu verdanken? Der Bodenstation bestimmt nicht", sinnierte Wendelin. „Sollen wir sie anfunken?" Heute würden die Astronauten in Ruhe gelassen, bis sie sich von sich aus melden würden, das war so abgemacht. „Nein!" Verona war entschlossen, die Dinge so nehmen wie sie sie sah. „Christkind oder Weihnachtsmann oder beide zusammen waren hier, um uns eine Freude zu bereiten. Lasst uns das dankbar würdigen."

Weit draußen, irgendwo im Sternenmeer, reichten sich die Gewürdigten die Hand. Denn die kosmischen Gesetze, denen der Mensch unterworfen ist, gelten für sie nicht.

21. Türchen: Armenweihnacht

Die beiden Cousinen Daniela und Heidi hatten nicht darauf geachtet, wohin sie ihre Schritte lenkten, als sie, in munteres Gespräch vertieft, dem Einkaufszentrum zustrebten. Es gibt mehrere Wege dorthin und der einfachste, weil er geradeaus geht, führt durch einige Wohnblöcke, die keinen Wohlstand ausstrahlen. Prompt war das Viertel bei den Bessergestellten in Verruf geraten und wird von ihnen gemieden.

Als die beiden Mädchen hochschauten, erschraken sie. Halbwüchsige lungerten herum, deren Bekleidung anzusehen war, dass sie nicht der neuesten Mode entsprachen, und auch die wenigen Erwachsenen erweckten nicht den Eindruck, dass sie viel zu tun hätten. Daniela und Heidi waren zwar nicht direkt als aufgedonnert zu bezeichnen, aber sie stachen von den sie umgebenden Anwohnern deutlich ab.

Herumlungern ist ein unschönes Wort, denn was sollen Menschen tun, die nichts zu tun haben, weil ihnen nicht erlaubt wird, etwas zu tun? Unschlüssig blieben die Mädchen stehen, denn wegrennen hätte keinen Zweck, das erkannten sie. „Wo wollt ihr denn hin?" fragte plötzlich der Junge, der ihnen am nächsten stand. Statt eine vernünftige Antwort zu geben, platzte Daniela heraus: „Du kannst deutsch?" „Sicher, warum nicht?" „Weil ihr doch…; von woanders her seid." „Unsere Muttersprache ist eine andere, das stimmt, aber wir hatten ja genug Gelegenheit, eure zu lernen." „Alle?"

Der Junge senkte den Kopf. „Leider nicht. Einige, um nicht zu sagen die meisten sind zu faul dazu." „Was tut ihr sonst?" Heidi führte erschrocken ihre Hand zum Mund, denn ihr ging auf, dass sie soeben eine Beleidigung ausgesprochen hatte. Der Junge hatte das aber nicht zur Kenntnis genommen oder wollte es nicht. In seinem traurigen Tonfall sagte er: „Nichts. Was sollen wir tun außer auf den Besuch der Sozialhelferinnen zu warten." „Ihr seid alle trotz der Kälte draußen, obwohl ihr keine richtigen Wintersachen anhabt. Könnt ihr eure Wohnungen nicht heizen?" „Doch. Aber was sollen wir zu Dritt in einem stickigen Raum?"

Mittlerweile hatte sich ein Ring aus Neugierigen um die Gruppe gebildet, denn alle wollten wissen, was sich die beiden fremden Mädchen und Nikolaj, ihr von allen anerkannter Anführer, zu sagen haben mochten.

Daniela und Heidi wurde mulmig, aber tapfer unterhielten sie sich weiter, als wäre nichts. „Feiert ihr wenigstens Weihnachten?" „Ja, soweit uns das möglich ist." „Was meinst du damit?" „Naja, Tannenbäume und Geschenke gibt's natürlich nicht, aber ein bisschen Andacht halten wir." Die Mädchen schluckten. Andacht. Weihnachten hatte für sie immer aus dem Sammeln möglichst teurer Geschenke bestanden. Und die Kinder hier bekamen gar nichts.

„Ihr wollt sicher ins Einkaufszentrum", sagte Nikolaj plötzlich. „Äh…; ja." „Ich wünsche euch viel Spaß." Ein Nicken seines Kopfs und wie von Zauberhand öffnete sich der Ring der Jugendlichen. Daniela und Heidi hätten zum Abschied gern etwas Nettes gesagt, aber ihnen fiel außer „tschüss" nichts ein. „Tschüss", wurde ihnen vielstimmig beschieden und die Flüchtlingskinder verstreuten sich wieder über die ganze Länge der Straße.

Als die Mädchen die Schwelle zum bürgerlichen Wohngebiet überschritten hatten und das Einkaufszentrum in Sicht kam, wandten sie sich wie auf ein unausgesprochenes Kommando nach links und gingen auf einem anderen Weg nach Hause zurück. Sie hatten einige Accessoirs für ihr Outfit kaufen wollen, aber das kam ihnen plötzlich albern und inhaltsleer vor.

Sie wohnten nicht weit auseinander und kurz bevor sie sich trennten, kam Heidi eine Idee. „Wir sollten eine Sammlung zu Gunsten des Flüchtlingsheims ins Leben rufen. Ziel soll sein, für jeden Heranwachsenden ein Geschenk im Wert von 20 Euro zu beschaffen und zu verteilen." „Weiß man denn, um wie viele es sich handelt?" „Auf dem Sozialamt werden sie's wohl wissen."

Es stellte sich heraus, dass die Mädchen dort eine offene Tür einrannten. „Wir haben auch an so etwas gedacht", erklärte die Amtsleiterin, „aber die Leute haben einen so schlechten Ruf, dass kaum jemand etwas spenden dürfte." „Sowas albernes", rief Daniela aus, „wir waren dort und wurden von allen Jugendlichen umzingelt." „Und, was ist passiert?" Der Beamtin war ihr Schreck anzusehen. „Na, nichts. Sie waren bloß neugierig und wollten sich mit uns unterhalten. Wenigstens die, die ein bisschen deutsch können." „Und ist euch…?" Daniela sah die Frau, die sie für eine Verbündete gehalten hatte, empört an. „Wir wurden nicht belästigt und uns wurde auch nichts geklaut."

„Ich glaube, von dort dürfen wir keine Unterstützung erwarten", sagte Heidi auf dem Rückweg traurig. „Sollen wir Plätzchen backen und verkaufen?" „Außer dass wir dafür eine Woche die Schule schwänzen müssten fürchte ich, dass die Zutaten teurer kommen als der Erlös. Unser Taschengeld reicht nicht für alle, auch wenn Mama und Papa ein paar Euro drauflegen. Nikolaj können wir natürlich etwas schenken." Sie hatten sich mittlerweile mehrfach mit ihm getroffen und ihn schließlich zu sich nach Hause eingeladen. Die Eltern waren zunächst wenig erbaut gewesen, dann aber dem Charme des Jungen ebenfalls erlegen.

Heidi hatte eine Erleuchtung. „Wie wär's mit Onkel Abel? Das nötige Geld holt er aus seiner Portokasse." „Der Geizhals? Bei dem flattern die Motten während des Jüngsten Gerichts aus dem Portemonnaie." „Jeder kann geläutert werden. Denk' an Charles Dickens' Weihnachtsgeschichte." „Willst du den Geist aus der Zukunft spielen?" „Wir beide. Wir schaffen es doch immer, uns Kratzbürsten in schnurrende Kätzchen zu verwandeln, wenn es nötig ist." Die Mädchen kicherten.

Abel Krunkwall thronte in seinem Büro und befürchtete das Schlimmste. Als erfolgreichster Geschäftsmann der Stadt gelang es ihm stets, Schnorrern die Tür zu weisen, bevor diese ihn zu einer Spende zu überreden geschafft hatten. Für heute aber hatten sich seine beiden Nichten angekündigt, und die brachen, wie er wusste, jeden Widerstand mühelos. Er hatte nie begriffen, warum Daniela und Heidi der Spitzname Duo Infernale anhaftete. Zu ihm waren sie immer nett.

„Was meint ihr, wie man reich wird?" Er versuchte sich wie stets zu Beginn in Brummigkeit. „Indem man klug und gebildet ist?" „Das ist richtig und trifft auf euch ja auch zu. Aber es muss etwas hinzukommen." „Und?" fragten seine Nichten wie aus einem Mund, obwohl sie genau wussten, welche Ermahnung

81

folgen würde. „Sparsamkeit. Wenn man alles Geld zum Fenster hinausschmeißt, nützt es nichts, es zu verdienen." Die Mädchen hatten sorgsam ihr Lehrbuch für Betriebswirtschaft durchgearbeitet. „'rausschmeißen und sinnlos verprassen ist etwas anderes als investieren." „Investieren bedeutet, dass die Ausgabe auf anderem Weg wieder hereinfließt, liebe Daniela. Werbung kostet Geld, aber wenn tausend Leute, die bisher von meinem Produkt nichts wussten, dieses nun kaufen, hole ich es mir zurück." „Es gibt keine bessere Werbung als Sozialverhalten. Wir würden schon dafür sorgen, dass du als Sponsor bekannt wirst, natürlich sehr dezent von Mund zu Mund und wie stolz wir auf unseren Onkel sind. Da kannst du dich auf uns verlassen." „Und überleg'", legte Heidi nach, „du ziehst ein Projekt durch, vor dem die Behörden zurückschrecken, und zwar weil auch die insgeheim die Flüchtlinge für zudringlich und diebisch halten, wie wir zu unserem Bedauern erfahren mussten. Was für eine Aufwertung bedeutete das für dich unter den Bürgern der Stadt!"

Längst hatten die beiden eine Wunschliste der 122 Kinder und Jugendlichen zusammengestellt, die sie ihrem Onkel Abel nun in die Hand drückten. Beinahe alle blieben unter den 20 Euro pro Person und auf die wenigen, die den Betrag um wenige Cent überschritten, kam es wahrlich nicht an.

Seufzend ergriff der als knickrig verschrieene Abel Krunkwall die Liste und ging sie durch. Am Weihnachtstag brachte er es trotz aller selbst auferlegter Zurückhaltung nicht fertig, zu Hause zu bleiben. In einem verschlissenen Jeansanzug schlich er unerkannt durch die Straße, an der die Flüchtlingssiedlung lag, und freute sich an den strahlenden Gesichtern.

82

22. Türchen: Polarlicht

Mit 16, 14 und zehn Jahren waren Amber, Berenice und Cedric alt und verständig genug, ihnen einmal ein Weihnachtsfest abseits des üblichen Verwandtenrummels zumuten zu dürfen. Fatima und Johannes hatten sich nicht nur in einem der schwedischen Eishotels eingemietet, um ihre Kinder auf die ungewöhnliche Situation, dass es Breitengrade gibt, auf denen es während des ganzen Winters dunkel bleibt, auch tagsüber, sondern auch ein besonderes Erlebnis versprochen, zu dem sie nun auf einem Hundeschlitten aufgebrochen waren. Es sollte zu einer Erhöhung gehen, auf der sich zehn Familien unter der fachkundigen Führung des Hotelbesitzers einfinden würden. Jedem Schlitten war eine Petroleumlaterne zugeteilt worden, die weniger dem Zweck diente, dass sich die Insassen selbst sahen als vielmehr dem, das vorausfahrende Gespann orten und ihm folgen zu können.

Der erste Eindruck, der von allen bekannten abgewichen war, war der des Hotels selbst. Gebaut aus übereinander getürmten Schneeziegeln lehrte es, dass sich innerhalb eines Iglus gefühlt gut leben ließ, obwohl die Innentemperatur acht Grad plus nicht überschritt. Die Tische und Stühle im Restaurant waren mit Rentierfellen überzogen und Rezeption und Bar bestanden aus blankem Eis. Zumindest die kalten Getränke brauchten deshalb nicht gekühlt zu werden wie auch die Lebensmittelvorräte keiner gesonderten Lagerung bedurften. Der Herd bestand aus emailliertem Stahl, denn Schnee und Eis vertragen natürlich kein Holzfeuer. Zum Bedauern der Kinder fanden sie keine Bettwäsche aus Bären-, sondern ebenfalls aus Rentierfell vor.

„Schade. Ich wäre gern bei einer Bärenjagd dabei", bedauerte Cedric. „Und würdest den Bären mit der bloßen Hand erwürgen", entgegnete Fatima amüsiert, um fortzufahren: „Selbst wenn es hier welche gäbe, wären sie garantiert geschützt und niemand dürfte sie jagen." „Und die armen Rentiere, Mama? Sind die nicht geschützt?" „Die werden gezüchtet. Auch sie müssen tot sein, um als Zudecke zu dienen, aber es reicht, dass sie eines natürlichen Todes gestorben sind, bevor sie ihr Fell hergeben."

83

Auf dem Hundeschlitten waren auch alle dick in Rentierfelle eingepackt, denn die Temperatur lag sicher zehn Grad unter dem Gefrierpunkt und der Fahrtwind kam als Kälteverstärker hinzu. Dennoch gab es keine Klage von Seiten der Kinder, denn das Hecheln der Hunde, deren dampfender Atem und das Knirschen der Kufen auf dem hartgefrorenen Schnee waren Abenteuer, die sie bisher nie erlebt hatten.

Die nachdenkliche und ernste Amber hatte beinahe erraten, was der Zweck des Ausflugs war, und löcherte ihre Eltern, ohne sich darüber bewusst zu werden, dass sie damit die Ungeduld ihrer jüngeren Geschwister überwinden half. „Sehen wir nachher das Sankt-Elms-Feuer, Papa?" „Nein, Amber, das nicht. Das ist eine natürliche elektrische Entladung, die an Spitzen wie Kirchtürmen, Schiffsmasten, aber auch an den Frontscheiben von Flugzeugen zu sehen ist und wie eine Flamme oder ein Blitz aussieht. Sie hängt mit Gewittern zusammen.

Was wir nachher hoffentlich zu sehen bekommen, ist das Nord- oder Polarlicht, das nördlich des Polarkreises erscheint, also des Kreises, oberhalb dessen es im Sommer keine Nacht und im Winter keinen Tag gibt. Das Licht entsteht am magnetischen Pol, wo elektrisch geladene Teilchen auf die Erdatmosphäre treffen. Du siehst, auch hier geht es nicht ohne Elektrizität. Nur ist die Ursache kein Gewitter."

„Am Südpol gibt es das nicht?"

„Doch. Da heißt es Aurora australis, während es hier im Norden Aurora borealis genannt wird."

„Warum sagtest du eigentlich vorhin ‚hoffentlich'", unterbrach Fatima das Gespräch, das für die jüngeren Kinder allzu arg ins Wissenschaftliche abzugleiten drohte, „da vorn ist es doch schon."

Der Führer hatte haltgemacht und die Touristenschlitten gruppierten sich um ihn herum. Sie befanden sich auf einer baumlosen Kuppe, von dem aus die Weitsicht bis zum Nordpol zu reichen schien und über dem Nordpol…, da war das Wunder zu sehen.

Wie ein grünes Flammenmeer loderte eine kilometerhohe Wand in unbestimmbarer Entfernung vor den Menschen und vermittelte ihnen Eindruck, selbst nicht mehr als Zwerge zu sein. Der Anblick war so erhaben, dass minutenlang niemand, auch die Kinder nicht, etwas zu sagen wagte. Allmählich löste sich die andächtige Stimmung. Der Hotelbesitzer, der als Erster das Wort ergriff, tat das zunächst nur im Flüsterton. „Man sieht hier immer etwas. Aber heute hat sich Odin selbst übertroffen."

Seine Reisegruppe überhörte die wenig christliche Erklärung und begann zu trampeln, denn bei völliger Bewegungslosigkeit unter Frostbedingungen hilft irgendwann auch das dickste Fell nicht mehr viel. Das Hotel hatte einen Vortrupp geschickt, der ein richtiges Picknick aufgebaut hatte. An dem taten sich nun alle gütlich. Vor allem das wärmende Hochprozentige, wie Schnaps beschönigend genannt wird, war den Erwachsenen willkommen, während der Kinderpunsch wenigstens heiß war.

Selbstverständlich wurden auch die Hunde gefüttert, wobei die Kinder begeistert mithalfen. Sie verspürten keine Furcht, denn der Hotelbesitzer hatte rechtzeitig dafür gesorgt, dass sich beide Seiten als Freunde betrachteten.

Dann gab er eine Einführung in die physikalischen Grundlagen der Polarlichter. „Sie galten merkwürdigerweise allen Völkern als Vorboten von Unheil. Meistens sind sie grün wie unseres heute, die vom Sauerstoff, aber es gibt auch blaue und violette, die von ionisiertem Stickstoff stammen. In höheren Schichten, das heißt ab 200 Kilometern, emittiert Sauerstoff auch rot. Rote Polarlichter galten als absolute Todesboten. Naja, Blut ist schließlich rot."

„Was heißt emittiert?" fragte Amber, deren Englisch gut genug war, dass sie dem Vortrag zu folgen vermochte.

„Entschuldige, junge Dame, entschuldigt, Kinder. Ich vergaß, dass ihr dabei seid. Emittieren bedeutet absondern oder abstrahlen.

Übrigens haben die Formen auch Namen. Unsere Erscheinung wird als pulsierende Fläche bezeichnet – oh, jetzt wechselt sie. Seht ihr? Die Flammen bündeln sich soeben zu zenitgerichteten Strahlen und ganz oben – schaut genau hin – wandelt sich das Ganze zu rot."

In der ah- und oh-Stimmung wagte Amber nicht zu fragen, was unter Zenit zu verstehen sei, aber Fatima las in den Augen ihrer Tochter wie in einem Buch. „Zenit ist der Scheitelpunkt, der höchste am Himmel sichtbare Punkt." „Danke, Mama." Auch das schönste Erlebnis geht einmal zu Ende und die Gesellschaft rüstete zum Aufbruch. Das Licht war zwar noch zu sehen, aber weitgehend in sich zusammengesunken und hätte bei Weitem nicht die Faszination wie vor zwei Stunden ausgeübt. Dennoch hatte es einen Schlusseffekt in der Hinterhand. Stickstoff hatte sich nämlich Bahn gebrochen und gönnte seinem Publikum einen blauen Abschiedsgruß. Dieses konnte nicht anders als zu applaudieren, obwohl nüchterne Überlegung zu der Erkenntnis geführt hätte, dass es der Natur ziemlich gleichgültig sein dürfte, ob ihr gehuldigt wird oder nicht.

Berenice und Cedric fielen während der Rückfahrt die Augen zu, während die von Amber weit aufgerissen blieben. „Und, wie hat es dir gefallen, Amber?" fragte Fatima.

„Ich glaube, Mama, ich weiß jetzt, dass ich noch nichts weiß. Erst war ich enttäuscht, dass wir Weihnachten nicht wie immer zu Hause zusammen mit Oma und Opa feiern, aber jetzt bin ich begeistert. Das Polarlicht war das Schönste, was ich bisher sehen durfte."

23. Türchen: Die ängstliche Tannenbaumspitze

Der Glasbläser schaute zufrieden, denn mit der Tannenbaumspitze hatte er ein Meisterwerk geschaffen. Hauchdünn das Material war es nach seinem langsamen Erkalten von geschickten Händen wunderbar weihnachtlich in Blau und Gold lackiert worden. Als letzte Aufgabe blieb, es sorgfältig in Watte zu verpacken, damit es auf seinem Weg zu seinem endgültigen Besitzer keinen Schaden nähme.

Auch die Spitze selber empfand sich als gelungen und hoffte, auf einem prachtvollen Baum ihren würdigen Platz zu finden und viele Jahre ihrem Besitzer dienen zu dürfen. Sie merkte am Gerüttel und Gewackel, dass sie transportiert wurde. Dann lag sie eine Zeitlang irgendwo still herum, vermutlich in einem Verkaufsregal, bis sie plötzlich Licht und in ein sympathisches Frauengesicht sah, das erfreut wirkte. Das Gesicht wandte sich ab und sagte zu einer Person neben ihm: „Die ist wirklich wunderschön." Ein neues Gesicht erschien, diesmal von einem Mann, das sich bei dem Anblick in dem Karton aufhellte und bestätigte: „Wirklich wunderschön. Die kaufen wir."

Einige weitere, sanfte Bewegungen, und die Spitze lag wieder still irgendwo, bis es soweit war. Sie wurde aus ihrer Verpackung herausgenommen und vorsichtig zu einer herrlichen Nordmanntanne getragen, die von der Frau und zwei Kindern geschmückt wurde. Die Drei tummelten sich frohgemut um den Baum, probierten, wo welche Glaskugeln am besten hinpassen könnten und wie die Kerzen zu platzieren seien, damit ihre Flammen keinen Zweig in Brand setzten, der zu dicht über sie ragte. Wie anders der Vater. Er traute sich kaum zu atmen, aus Furcht, das kostbare Glaskunstwerk versehentlich fallen zu lassen und es zu zerstören. Er wies das ältere der beiden Kinder an: „Halt' bitte die Leiter!" und streckte seinen Arm aus, um die Glas- mit der Baumspitze zu vereinen. Nach einer Weile des Probierens gelang ihm das auch. Er drückte die Spitze noch einmal behutsam fest, dass sie ja nicht von selbst herabfiel, atmete zufrieden durch und stieg die Leiter wieder hinab.

Kurze Zeit später war der Rest der Familie mit dem Schmücken fertig. Alle betrachteten zufrieden das Ergebnis und die Mutter sagte: „Das wird ein wunderbares Weihnachtsfest." Dann verließen die Menschen den Raum und überließen Baum, Kerzen und Schmuck vorerst ihrem Schicksal.

Kaum waren sie unter sich, begannen die Kugeln sich zu unterhalten. Sie erzählten, bei welchem Meister sie geblasen und wie sie lackiert worden waren, wie sie ihren Weg in diesen Haushalt gefunden hatten und wie sie sich so fühlten. Eine ganze Weile waren sie schon dabei, als eine von ihnen sagte: „Warum ist unsere Krone, ich meine die Baumspitze so still?" Alle sahen hoch und wie die Angesprochene fest die Augen zusammengekniffen hielt.

„Was ist mit dir?" wagte die mutigste der Kugeln zu fragen. „Ihr habt's gut", flüsterte die Spitze. „Schon, aber du hast es doch am besten." „Nein, gar nicht." „Warum nicht?" „Ich bin hier am höchsten Punkt und wenn meine Befestigung nachgibt, falle ich hinunter und bin kaputt." „Warum sollte sie das? Wackelst du denn?" „Nein." „Na also. Warum…?" „Aber es könnte doch passieren." „Wir können genauso gut hinunterfallen und kaputt gehen." „Aber ihr habt Zweige unter, über und neben euch, an denen ihr Halt findet. Ich schwebe hier oben ganz allein im Freien."

Den meisten Kugeln gelang nicht, ein Kichern zu unterdrücken. Die Spitze hat Höhenangst, hat das die Welt schon einmal gesehen? Das ist ja fast so, als traute sich ein Vogel nicht zu fliegen! Die meisten Kugeln lachten nun frei heraus und verängstigten die Spitze damit noch mehr. Nur eine, die recht weit oben hing, eine schöne rote mit silbernen Glitzerkörnern, die Sterne darstellten, bekam Mitleid und überlegte, wie sie ihrer Kollegin helfen könnte. Denn Kugeln und die Spitze sind Kolleginnen, nur ein bisschen unterschiedlich geformt.

Bald hatte sie einen Einfall. „Wann hast du gemerkt, dass du Angst hast?" fragte sie. „Als der Vater vorhin ins Zittern geriet, während er versuchte, mich zu befestigen. Da fiel mir auf, wie tief unter mir der Parkettboden ist und wie schnell ich kaputt ginge, sollte ich von hier darauf fallen", antwortete die Spitze.

„Dann bist doch gar nicht du es, die ängstlich ist."

88

„Wie meinst du das?" „Es ist unser Besitzer, der das ist. Mit dir hat das doch gar nichts zu tun." „Meinst du?" „Sicher. Jetzt mach' die Augen auf und sieh dich um, wie schön hier alles ist. Und was meinst du, wie schön es erst wird, wenn Bescherung ist und die Kinder, aber auch die Erwachsenen ihre Geschenke auspacken. Das würdest du alles verpassen, zumal du den besten Überblick hast, nämlich nach allen Seiten."

Die Spitze überlegte. Stimmt, sagte sie sich, das wäre wirklich schade. Dafür schadet ein bisschen gucken sicher nichts. Ganz langsam öffnete sie die Lider. Immer schärfer wurde, was sie sah, und immer schöner und glänzender. „Du hast nämlich nachher die Aufgabe, uns zu erzählen, wie die Menschen sich freuen", drängte die rote Kugel in ihrer sanftesten Stimmlage.

Die Spitze gab sich einen Ruck und öffnete die Augen ganz. In diesem Augenblick ertönte eine Glocke, die Tür öffnete sich und die Familie drängte in das Zimmer, in dem der geschmückte Baum stand. „Bescherung, Kinder", sagte der Vater und fuhr fort: „An allen Verpackungen hängt ein Kärtchen mit dem Namen, für die oder den das Geschenk bestimmt ist."

Die Spitze war von dem Verlauf des Heiligen Abend so begeistert, dass sie ihre Höhenangst glatt vergaß. Sie erstattete den Kugeln unter ihr eifrig Bericht, was gerade geschah, und war so in die Unterhaltung mit ihnen vertieft, dass der Abend wie im Flug verging.

Als die Familie die Kerzen ausgeblasen und das Weihnachtszimmer verlassen hatte, hinterließ sie eine glückliche gläserne Gemeinschaft. Die Menschen dürfen nie erfahren, dass Christbaumschmuck miteinander spricht, weil ihnen das unheimlich wäre. Dabei gibt es keinen Grund, das unheimlich zu finden, denn auch, wenn manche Kugeln manchmal ein bisschen über Spitzen mit Höhenangst lästern, wird er für das Fest der Liebe hergestellt und kann deshalb nur lieb sein.

24. Türchen: Weiße Weihnacht

Claudia hatte unruhig geschlafen. Nicht, weil ihr etwas Schlimmes passiert, sondern weil sie aus Vorfreude ganz aufgeregt war. Heute war nämlich Heiligabend und neben dem besinnlichen Anlass gab es auch einen zur Freude, nämlich einige Geschenke, mit denen sich die Familie den Abend verschönern würde. Claudia hatte natürlich einige Wünsche, von denen sie hoffte, dass sie ihr erfüllt würden.

Sie merkte, dass etwas anders als sonst war. Die Geräusche, die von draußen in die Wohnung drangen, klangen viel gedämpfter als sonst. Neugierig sah sie aus dem Fenster. Was war das denn? Alles war weiß und die Autos fuhren langsamer als sonst.

„Mama, Mama!" Ein bisschen ängstlich war Claudia, denn das war neu für sie und alles Neue ist für eine Vierjährige zunächst ein Grund, sich Sorgen zu machen.

Aber die Mama stand schon hinter ihr. „Das ist der Schnee, von dem Papa und ich und vor allem Oma und Opa immer erzählt haben." Richtig, Claudia erinnerte sich. Sie hatte die Geschichten von der guten alten Zeit interessiert angehört, aber nicht geglaubt, dass sie wahr wären, sondern eher als Märchen aufgefasst so wie die vom Wolf und den sieben Geißlein. Und nun sah sie diesen geheimnisvollen Stoff mit eigenen Augen.

„Nachher gehen wir 'raus, da kannst du selbst feststellen, wie sich der Schnee anfühlt." „Au ja! Ist heute Kita?" „Nein, aber ich habe die Mütter deiner drei besten Freundinnen angerufen. Wir treffen uns am Nachmittag auf dem Spielplatz. Da könnt ihr Kinder euch eine Schneeballschlacht liefern. Vorher fahren wir Schlitten." „Schlitten?"

Dann fiel Claudia das Ding im Keller ein, das wie ein Bollerwagen ohne Seitenschutz aussieht und Metallstangen statt Räder unten dran montiert hat. „Die nennt man Kufen. Wir müssen nachher noch einkaufen, da ziehe ich dich hinter mir her."

Nun saß Claudia auf dem Ding, das Schlitten heißt und von dem sie nie gewusst hatte, wozu es gut ist. Es machte großen

Spaß, darauf zu sitzen und sich ziehen zu lassen. Sie war froh, dass sie Mama gehorcht und sich dick angezogen hatte, denn so schön der Schnee sich anfühlt, so kalt ist er, wenn man sich längere Zeit darin aufhält.

Papa musste arbeiten, da Heiligabend kein Feiertag ist, aber der Chef hatte allen ab zwei Uhr nachmittags frei gegeben und Papa war rechtzeitig zu Hause, um die Familie zum Spielplatz begleiten zu können. Mario war mit seinen Eltern auch da.

Zunächst wurde der Hang ausprobiert, der daneben lag, denn die Schlitten rutschten zur Freude der Kinder von selbst hinunter. Wenn Claudia, ihre Freundinnen und Mario aufpassten und immer schön in der Spur blieben, purzelten sie auch nicht um und kamen sanft unten an. Eine andere Eigenschaft haben Schlitten leider mit den Bollerwagen gemeinsam: Hoch müssen sie mühsam gezogen werden und die Eltern dachten gar nicht daran, ihren Kindern diese Arbeit abzunehmen. Denen fiel auf, dass Schnee nicht nur weich und kalt, sondern auch rutschig ist. Zu Beginn führte das dazu, dass sie dauernd hinfielen und alles wieder hinunterglitten, was sie schon heraufgeschafft hatten, aber nach einer Weile wussten sie, wie sie ihre Füße zu setzen hatten, um genügend fest aufzutreten.

Patsch! Plötzlich war Claudia von einer kalten Masse getroffen und sah sich empört um. Mama stand da und lachte aus vollem Hals. „Komm' schon", rief sie ihrer Tochter zu, „du darfst auch!" Das brauchte Claudia nicht zweimal gesagt zu bekommen! Das Bewerfen von Mama und Papa und auch von anderen Kindern und Erwachsenen ist normalerweise streng verboten, aber im Schnee ist es erlaubt. Hurra, lieber Schnee!

„Du musst aufpassen, dass in dem Ball wirklich nur Schnee und kein Stein drin ist", ermahnte Mama Claudia und schnell war die schönste Schneeballschlacht im Gang. Da geschah etwas Komisches. Nicht nur die anderen Kinder und Mütter und Väter mischten mit, sondern auch ganz merkwürdige Wesen, die nichts anderes als Feen, Elfen, Kobolde und Monster sein konnten. Dabei sahen sie Veronika, Jessica, Hanna und Mario ähnlich. Zum Glück hatten die Zauberwesen keine Zauberkräfte, sondern mussten sich den Schnee genauso aus den Augen wischen wie Claudia, wenn ein Schneeball sie ins Gesicht traf.

91

Als es dunkel wurde, bildeten alle einen Kreis und sangen Lieder mit, die Marios Vater vorsang, der auch eine Gitarre dabei hatte. Dann waren alle erschöpft, glücklich und warm, obwohl doch Schnee kalt ist.

„Jetzt schnell nach Hause und die nassen Sachen wechseln", sagte Papa, „dann wird zu Abend gegessen und dann feiern wir die Geburt von Jesus Christus. Und weil das wie auch eure Geburtstage nur einmal im Jahr geschieht, dürfen alle Kinder heute ausnahmsweise so lange aufbleiben wie sie möchten."

Die geschmückten Straßen über dem Schnee waren im Schein der Laternen so wunderschön anzuschauen, dass Claudia mit weit aufgerissenen Augen die Heimfahrt erlebte. Beim Abendessen erzählte sie ihren Eltern, dass am Nachmittag auch Zauberwesen auf dem Spielplatz gewesen seien, als wäre das das Natürlichste von der Welt. „Das ist es ja auch. Warum soll es keine zauberhaften Wesen geben? Du musst nur an sie glauben." „Habt ihr sie auch gesehen?" „Nein. Anscheinend waren sie für dich ganz allein da. Hattest du Angst?" „Nein, gar nicht." „Dann waren es die guten Wesen für das Fest der Liebe."

Normalerweise wäre Claudia den ganzen Tag über ungeduldig gewesen, aber dieser hatte so viel Neues und Spannendes zu bieten gehabt, dass er wie im Flug vergangen war. Ehe sie es sich versah, war die Stunde der Bescherung gekommen und Claudia von Vorfreude erfüllt. Als sie den größten für sie bestimmten Karton ausgepackt hatte, klatschte sie in die Hände und rief: „Die schöne Puppe!" Sie hatte sie vor einigen Wochen im Schaufenster des Spielwarengeschäfts gesehen und gebettelt, dass sie sie bekäme, aber Mama hatte ganz merkwürdig geantwortet. Traurig stellte Claudia beim nächsten Einkaufsbummel fest, dass die Puppe nicht mehr im Fenster stand.

„Siehst du", sagte Mama, „deine Bitte für das Fest der Liebe wurde gehört und die Puppe gleich für dich verpackt, damit du sie auch wirklich zu Weihnachten bekommst." Dankbar dachte Claudia an diesem Abend an alle, die sie lieb hatten und die sie lieb hatte, bevor sie einschlief.

25. Türchen: Muntere Weihnachtsnacht
von Berthold Kelz

Es war Heiligabend und der Weihnachtsbaum stand fertig geschmückt für die Feiertage da. Aber kaum waren alle zu Bett gegangen, als die Spielsachen, die am Baum hingen, miteinander zu reden und zu tuscheln begannen.

„Kommt runter vom Christbaum, sie schlafen endlich!" brummte der alte, zottelige Teddybär, der als einziges Spielzeug nicht im Weihnachtsbaum hing.

„Au ja!" jauchzte Kathrinchen, die kleine Balletttänzerin, mit ihrer piepsigen Stimme, drehte einige quirlige Pirouetten und sprang elegant auf den weichen Teppichboden.

Da hatte Ivan, der steife Nussknacker in seiner prächtigen Uniform schon mehr Mühe, den Weihnachtsbaum zu verlassen. „Warum muss mich Sonja auch immer so hoch im Baum anbringen?" stöhnte er mit wichtiger, tiefer Stimme.

Sonja ist die junge Frau, die den Baum so festlich mit all' den Spielsachen, Kugeln und Sternen geschmückt hatte. Sie hatte diesen Weihnachtsabend mit ihrem Freund Bert verbracht. Nach einem ausgiebigen Mahl mit einem edlen Wein und der anschließenden Bescherung waren die beiden glücklich und zufrieden ins Bett gegangen und kuschelten sich unter dem dicken Daunenbett gegenseitig warm.

„Nun macht schon!" maunzte Mikesch, der gestiefelte Kater, „bevor die Nacht vorbei ist und es wieder hell wird!" Mikesch trug einen breitkrempigen Hut mit einer langen Gänsefeder, große lederne Stulpenstiefel und eine Schärpe um die Schulter, an der ein Degen befestigt war, wie ihn Musketiere tragen. Mit einem gekonnten Satz sprang er fesch auf den Wohnzimmertisch.

Es war eine klirrend kalte, sternenklare Weihnachtsnacht. Die Eiskristalle an der Fensterscheibe glitzerten und funkelten wie Brillanten im sanften Licht des Vollmondes, der sich zu dem heiligen Anlass würdevoll in stattlicher Größe am Firmament zeigte.

In der Stube knisterte im offenen Kamin das restliche Feuer in roter Glut noch gemütlich vor sich hin und gab eine wohlige Wärme ab. Der Geruch von ausgeblasenen Kerzen vermischte sich mit dem frischen Duft der Weihnachtstanne.

Mittlerweile waren Teddybär, Kathrinchen, Ivan und Mikesch bereits auf dem Gabentisch und nahmen eilig die besten Plätze um den großen Süßigkeitenteller ein, als auch endlich die anderen Spielzeugfreunde eintrafen: Gabriel, der große Weihnachtsengel in dem weißen Gewand und mit seinen langen, goldenen Locken hatte es einfach: Er ließ sich von der Tannenspitze mit seinen mächtigen Engelsflügeln nach unten auf den Tisch gleiten. Wie ein großer Seeadler zog er noch zwei eindrucksvolle Runden, so tief, dass alle ihre Köpfe einziehen mussten, und setzte dann zur Landung an. Die missglückte ihm allerdings gewaltig. Wie ein unbeholfener Albatros lief er auf dem Tisch, flatterte wild mit den Flügeln, stolperte und fiel kopfüber genau in den Gabenteller. Unter dem Gelächter seiner Freunde versuchte er so zu tun, als habe er dies absichtlich gemacht. Doch hatte er nicht bemerkt, dass er genau in eine Knickebein-Praline gefallen war, die ihm nun zur Nase runterhing. Selbst Ivan, der alte Nussknacker, den nichts so leicht erschüttern konnte, lachte derart, dass ihm die Tränen über das Gesicht liefen und er Gefahr lief, seine Offizierswürde zu verlieren.

Zuletzt trafen Wausel, der struppige Plüschhund mit Stupsnase und großen Kulleraugen, und die Holzpuppe Pinocchio ein. Wausel hatte sich mit seinem langen Fell ständig in den Tannenzweigen verfangen und Pinocchio Mühe mit seiner langen Nase, denn immer pieksten ihm die Tannennadeln hinein, sodass er unentwegt niesen musste. Die muntere Runde schloss Arabesk ab, das weiße Zirkuspferdchen aus Holz.

So saßen sie nun vor dem Teller mit den Weihnachtsleckereien. Da gab es Lebkuchenherzen, Nüsse, Marzipankugeln, Zimtsterne, Mandeln, von Sonja selbst gebackene köstliche Plätzchen und vieles mehr.

Nun endlich begannen die Spielsachen ihr eigenes fröhliches Weihnachtsfest zu feiern. Und sie aßen dabei eine Menge von den Leckereien. Nur Ivan war etwas unzufrieden, denn er sollte

94

ständig, obwohl er doch nicht im Dienst war, für seine Freunde die Hasel- und Walnüsse öffnen. Aber er ärgerte sich nicht lange. Er hatte nämlich die süßen Weinbrandbohnen entdeckt. Er wurde fröhlich und ausgelassen und forderte Kathrinchen zu einem Tanz auf, der gar lustig anzuschauen war. Die Musik lieferte eine kleine Spieluhr. Neugierig, was das denn sei, probierten auch die anderen die Weinbrandbohnen. Und mit einem Mal war es eine fidele Gesellschaft, die tanzte, sang und nahezu den halben Teller leer aß.

Der Mond schaute dem Treiben ungläubig durch das Fenster zu, bis er sich langsam zurückzog. Denn der Morgen begann zu dämmern.

Majestätisch ging die Sonne am Horizont auf. Zum Glück hatte Pinocchio eine so empfindliche Nase: Ein neugieriger Sonnenstrahl spinxste zum Fenster hinein und kitzelte ihn ausgiebig an seinem Riechorgan. Nach einer Weile wurde ihm klar, dass das gar keine Tannennadel war, die ihn zum Niesen brachte! „Freunde!" rief er erschrocken und ernüchtert, „wir müssen zurück in den Weihnachtsbaum, macht schnell, der Tag bricht an!"

Das war jedoch gar nicht so einfach. Gabriel schaffte es nicht, sich in Lüfte zu erheben, so hatten ihm die Weinbrandbohnen zugesetzt. Unter großer Anstrengung kletterte er den langen Weg zur Tannenspitze hoch, nicht ohne sich sein langes Gewand zu verschmutzen. Den anderen erging es ähnlich. Hastig suchten sie ihre Stellen im Baum. Aber nicht jeder fand seinen Ast. Völlig verwirrt machte sich auch Teddy auf in den Baum, obwohl er doch gar nicht dahin gehörte.

Einige Äste, Weihnachtskugeln und Spielsachen schaukelten noch leicht und Kathrinchen rief so laut sie konnte mit ihrem hellen Stimmchen: „Bis heute Abend!", als schon die Schlafzimmertür aufging.

Sonja war erwacht und wollte gerade in die Küche gehen, um frischen Kaffee zu kochen. Doch sie hielt inne, denn irgendetwas stimmte nicht. Hatte sie nicht ein leises Piepsen gehört, wie von einem kleinen Mäuschen? Ach was! Sie war noch viel zu schlaftrunken und Mäuse gab es in ihrer Stube ohnehin nicht …

Und so geschieht es jedes Jahr zur Weihnachtszeit seit Generationen. Nur hin und wieder wundern sich die Menschen, dass der Christbaum geringfügig anders aussieht und sie sagen: „Komisch, ich könnte schwören, dass ich das Pferdchen an einem anderen Zweig befestigt habe." Oder auch: „Das darf ja wohl nicht wahr sein, die leckersten Sachen wurden schon wieder vom Teller genascht!"

Für alles glauben die Menschen eine natürliche Erklärung finden zu müssen. Für Sonja war der Fall klar. Ihre Erklärung hieß ‚Bert'!